Ardèche

Linda van Rijn

Ardèche

Thriller

uitgeverij marmer

Proloog

DE AUTO STOPTE OP NOG GEEN TIEN METER BIJ HEM vandaan. Steentjes spatten op onder de remmende wielen, een krakend geluid bij het aantrekken van de handrem. Het volgende wat hij hoorde was het wegsterven van de motor en de klik waarmee het portier openging. Hij voelde zijn hartslag toenemen. Vannacht, toen hij wakker lag, had hij dit moment in gedachten al beleefd. De nachten ervoor ook, trouwens.

Hij bewoog naar voren. Een tak schampte zijn wang, maar hij voelde het bijna niet. Het moment kwam eraan waarop hij zijn beschutting moest verlaten. Als hij beter getraind was, had hij het misschien wel gered van achter die struik. Maar hij was onervaren. Moest de afstand verkleinen.

Beweging bij het portier deed zijn hartslag nog wat meer versnellen. Gemiddelde lengte, smal postuur. Petje op zijn hoofd. Donkere auto. Het moest hem zijn.

Hij bleef laag bij de grond. Zijn hand gleed achter zijn rug, onder zijn broekband. Het koude, zware staal van het wapen had eerst onwennig gevoeld in zijn handen, maar langzaamaan was dat gevoel veranderd. Van vreemd lichaam naar vriend. Veiligheid, in heel veel lagen.

Een doffe klap klonk toen het autoportier dichtviel. Hij strekte zijn beide armen voor zich uit. Zijn grip op het wapen was nu ferm, zijn handen trilden niet meer. Met één oog toegeknepen keek hij over zijn handen heen naar het doelwit. Dat had een grote tas op zijn schouder gehesen en liep weg bij de auto met een nonchalant handgebaar in de richting van de wagen. De alarmlichten knipperden één keer. De auto was veilig afgesloten.

Hij kromde zijn vinger om de trekker. Dit was het moment. Zijn doelwit verplaatste zich naar de ingang. Er was verder niemand te zien. Nog één keer schatte hij de baan van de kogel in, bereidde zich voor. Toen zoog hij de lucht diep in zijn longen, wachtte een paar seconden waarin hij het kloppen van zijn hart in zijn oren hoorde en haalde toen zonder aarzelen de trekker over.

De knallen klonken als kanonschoten door de stille

avond. Eén keer, twee keer. Drie, vier, vijf, voor de zekerheid. Hij wist niet welke kogel doel trof, misschien wel allemaal. Zijn hand schoot terug door de klap van het wapen. Hij rook het kruit. In zijn oren klonk een hoge piep. Hij keek toe hoe zijn doelwit viel. Het leek in slow motion te gaan, maar in werkelijkheid ging het snel. Hij zakte in elkaar alsof hij niet in zijn rug, maar in zijn knieën was geraakt. Er klonk een kreet door het donker.

Zijn hart bonkte nu als een bezetene. Zweet prikte op zijn rug. Hij rende. De auto was er precies op het afgesproken moment. Het portier vloog al open voor de wielen tot stilstand waren gekomen. Hij dook naar binnen. De wielen piepten bij het optrekken. Hij schreeuwde, juichte, schokte over zijn hele lichaam. Daarna liet hij zijn hoofd tegen de steun rusten en sloot zijn ogen.

Hoofdstuk 1

'Mama, kijk mij!' Het kinderstemmetje van Justus Rietman klonk hard en vrolijk over de stille rivier waarin Tessa van Dalen van de laatste zonnestralen van de dag genoot. Het water om haar heen was fris genoeg om op het heetst van de dag voor verkoeling te zorgen en warm genoeg om nu, aan het begin van de avond, nog heerlijk in te kunnen ronddobberen. Ze steunde met haar armen op het lichtblauwe luchtbed waar de jongens zo'n beetje de hele dag mee in het water hadden gespeeld, als ze tenminste niet, zoals nu, in een boom op de oever klommen en zich via het touw dat iemand aan een van de over het water hangende takken had vastgeknoopt, in de Ardèche lieten plonzen.

'Ik kijk!' riep ze naar Justus en ze stak haar duim op. 'Ga maar!'

Haar zoon nam met het touw in zijn hand een aanloopje van de steil aflopende oever en zwaaide zo ver mogelijk door voor hij losliet en met een sierlijke boog en veel opspattend water in de rivier landde. Binnen een paar seconden kwam hij weer boven. 'Zag je mij, mama? Zag je mij?'

'Ik zag je, lieverd', zei Tessa. 'Goed gedaan.'

Op de oever stond Lucas, haar andere zoon, klaar om hetzelfde te doen als zijn broertje, maar dan net wat sneller, hoger en verder – dat hij twee jaar ouder was, hielp daar natuurlijk ook bij. 'Wow, die was gaaf!' riep hij uit toen hij na zijn sprong weer bovenkwam. 'Ik vloog helemaal!'

De jongens klommen weer op de kant en maakten zich klaar voor hun nieuwe sprong, nadat ze eerst hadden geruzied over de volgorde waarin ze zouden springen. Tessa liet haar blik over de omgeving dwalen. Het water kabbelde in kleine golfjes tegen het luchtbed en her en der zag ze kringetjes waar een insect op het water landde of van onder het wateroppervlak misschien een visje even bovenkwam. Of een waterslang, bedacht ze met een kleine huivering, maar die gedachte zette ze maar snel van zich af. Een paar dagen geleden had ze er eentje gezien in het ondiepe stuk vlak bij de kant en hun campingburen hadden er zelfs een in hun vouwwagen gevonden. Tessa had samen met de betreffende buurvrouw staan gruwelen toen de buurman het beestje had gevangen en kronkelend en wel terug in het water had gegooid. Gelukkig had hun caravan een hoge instap, ze hoopte maar dat haar redenering klopte dat slangen niet via het wiel of een krukje omhoog konden klimmen.

Ze verplaatste haar blik van het wateroppervlak naar boven, naar de tientallen meters hoge rots die de oever van de rivier vormde. Op het grijze steen – kalksteen, wist ze uit de brochure van de camping – groeiden bomen, onderaan veel, meer naar boven werd de begroeiing dunner. Daar waren op de rotsen goed de verticale lijnen te zien die het water in de loop der eeuwen in het steen had uitgesleten. Het was bijna niet voor te stellen dat het water ooit zo hoog had gestaan. Nu was de rivier een veel lager gelegen water dat door het kloofdal meanderde. Hier, net naast hun camping, stroomde het water kalm en lieflijk, maar niet veel verderop kende de Ardèche de nodige versnellingen en afdalingen. De foto's die ze had gezien in een folder over kanotochten zagen er spectaculair uit.

'Dit gaan we zeker doen', had Koen, haar vriend, meteen gezegd toen ze het foldertje bij aankomst op de camping hadden gekregen. 'Kijk, hoe gaaf.' Daarbij had hij gewezen op een kano die van een soort betonnen glijbaan af ging en eentje waarop de kano eigenlijk niet eens te zien was, zo hoog spatte het water eromheen op. De jongens hadden zo'n beetje staan juichen en ook Tessa had voorgesteld maar meteen de langste tocht te boeken, want als gymdocent was ze dol op sporten die snel en spectaculair waren. Vroeger zou ze daar ook 'en een beetje gevaarlijk' aan hebben toegevoegd, maar sinds ze moeder was, was ze voorzichtiger geworden. En al helemaal sinds ze een alleenstaande moeder was. Dat ze sinds anderhalf jaar een relatie had, deed daar niet zoveel aan af.

'Maar we hebben twee weken de tijd', had ze gezegd. 'Het hoeft niet allemaal morgen. Laten we eerst maar eens een paar dagen lekker rustig aan doen, een beetje bijkomen van de reis en wennen aan de camping.'

En dat was gelukt, dat rustig aan doen. Lucas en Justus waren bij aankomst meteen naar het zwembad vertrokken en nadat ze daar twee dagen lang niet uit waren gekomen, wilden ze sinds gisteren alleen nog maar in de rivier zwemmen. Zodra ze wakker werden, trokken ze hun zwembroek en waterschoenen aan en doken in het water, dat 's ochtends zo kalm was dat het oppervlak net een spiegel leek. Vaak stak aan het einde van de ochtend een briesje op dat het water wat deed golven en de temperatuur aangenaam hield. Net als zo'n beetje de halve camping vermaakten Lucas en Justus zich eindeloos met hun rubberboot of bal, of ze waren zomaar een uur of langer aan het spelen met hun campingvriendjes. Tessa vond het heerlijk om te zien hoe de jongens elke avond moe van het spelen naar bed gingen en niet taalden naar hun schermen en spelcomputers waaraan ze thuis soms vastgelijmd leken te zitten. En het mooiste was nog dat zijzelf in de uren dat Lucas en Justus zich vermaakten de boeken kon lezen waar ze gedurende het jaar de tijd niet voor had – of eigenlijk, zo moest ze toegeven, de tijd niet voor maakte. Koen deed hetzelfde, of hij verdween in de geïmproviseerde buitenkeuken die hij achter de caravan had gebouwd om heerlijke lunches of diners klaar te maken. Ze waren pas vijf dagen geleden uit Nederland vertrokken, maar Tessa had het idee dat ze al weken op vakantie waren. En dat terwijl ze zich van tevoren toch een beetje druk had gemaakt om dat kamperen. Vorig jaar hadden ze een glampingtent gehuurd die van alle gemakken voorzien was. Dit jaar zaten ze voor het eerst met z'n allen in een caravan, aangezien de glampingtenten tegenwoordig een maandsalaris per week leken te kosten en Koen bovendien zwoer bij het ware kampeergevoel. Tessa moest toegeven dat ze dat ware gevoel ook steeds meer begon te krijgen. Hun caravan stond op een prachtige plek niet ver van de rivier, waar ze tussen twee bomen een hangmat hadden opgehangen en waar ze 's ochtends wakker werden van de vogels in diezelfde bomen. Zo nu en dan bezorgde puur de aanblik van haar plek haar al een gevoel van geluk.

Dat gevoel kreeg nog eens een extra laag doordat ze lange tijd had gedacht helemaal nooit meer geluk te kunnen voelen. Daardoor koesterde ze extra de momenten waarop het oprecht door haar heen ging, al zou het kleine, donkere randje dat er onlosmakelijk mee verbonden was, misschien wel nooit meer verdwijnen. En dat was niet erg. Warme zonnestralen koesterde je ook pas als ze na een koude regenbui kwamen.

'Mama!' Het ongeduld in de stem van Lucas haalde haar uit haar gedachten voordat die haar konden meeslepen. 'Kijk je nog?'

'Ik kijk!' riep ze en ze loste die belofte in door haar blik strak op de boom met het touw gericht te houden. Zo zag ze hoe Lucas op de steile oever een nog langere aanloop wist te nemen dan zijn broertje, waarna hij met nog meer kracht en snelheid aan het touw over het water zwierde. Op het hoogste punt liet hij los en wild zwaaiend met zijn armen en benen landde hij met veel gespetter in het water. Toen hij hoestend bovenkwam, keek hij naar zijn moeder. 'En?'

'Prachtig', zei ze lachend. 'Je kan zo naar de Olympische Spelen.'

Lucas grinnikte bij het compliment en zwom daarna met snelle slagen naar de kant, waar hij omhoogklom en wachtte tot hij opnieuw het touw kon grijpen. Zijn broertje zwierde intussen boven het water en plonsde erin.

'Ik ga even terug naar de kant, jongens', zei Tessa. 'Zie ik jullie zo?'

'Waar is Koen?' vroeg Lucas.

'Bij de caravan.'

'Wat eten we?'

'Hamburgers van de skottelbraai.' Koen was verzot op barbecueën, maar dat was hier in deze tijd van het jaar niet toegestaan. Daarom had hij zijn toevlucht gezocht tot een andere manier van buitenkoken.

'Mag ik daarna nog zwemmen?'

Tessa glimlachte om het vaste repertoire aan vragen van haar zoon. 'Jullie mogen na het eten nog wel even in de rivier zwemmen. En vanavond is er ook nog een poolparty.'

'Cool', vond Lucas.

'Wat is een poolparty?' vroeg Justus.

'Een feestje in het zwembad', legde Tessa uit. 'Het zwembad gaat speciaal daarvoor om acht uur weer open en er komt een dj, zag ik.'

'Cool', zei Lucas opnieuw en daarna nam hij een aanloopje om nog maar eens een duik in het water te nemen. Tessa keek nog even toe en daarna zwom ze met haar armen nog steeds op het luchtbed naar het kleine strandje dat op de andere oever van de rivier lag. Of eigenlijk was 'strand' iets te veel gezegd, het was meer een strook zand waar enkele stoeltjes op pasten. De meeste badgasten zochten hun heil op het grote stuk gras dat aan het zand grensde.

Met het luchtbed zwom Tessa zo ver mogelijk naar de kant om het lopen over de soms gladde en soms juist puntige stenen op de rivierbodem te vermijden – het was misschien toch beter om haar waterschoenen aan te trekken. Maar die lagen nu een meter of tien verderop naast haar opvouwbare strandstoel. Met moeite kwam ze uit het water en ze liet zich op haar handdoek op de stoel zakken. Ze glimlachte om het vrolijke gegil van haar jongens toen die keer op keer van het touw in het water sprongen. De rivier was zeker vijftig meter breed, maar ze kon de jongens nog goed zien. Iets waar ze blij om was, want ook al had Justus een paar maanden geleden zijn B-diploma gehaald, ze verloor hem liever nog niet uit het oog bij het zwemmen. Zeker niet in een rivier als de Ardèche, die nu ogenschijnlijk kalm was, maar die ongezien toch een stevige stroming kon hebben. Justus mocht zichzelf met zijn zeven jaar en dat diploma een hele bink vinden, met zijn totale gebrek aan vet en dus gewicht stelde hij in het water maar weinig voor. Maar toen ze had voorgesteld om hem voor de zekerheid nog een zwemvest aan te doen, had hij haar aangekeken met ogen die van ongeloof bijna uit hun kassen rolden. 'Ik ben geen baby meer', was zijn stellige commentaar geweest. En dat klopte natuurlijk, maar loslaten was nu eenmaal niet een van Tessa's sterkste kanten. Ze was niet zozeer bang voor gevaar en ze wilde Lucas en Justus, die vrijwel alles leuk vonden en geen sport of activiteit uit de weg gingen, opvoeden met een open vizier en een gezonde dosis lef. Maar ze was dan wel weer controlfreak genoeg om alle veiligheidsmaatregelen die er maar te verzinnen waren in acht te nemen en drie keer te dubbelchecken. Zo had ze voorgesteld om deze week een canyoningexcursie te boeken – iets wat door Lucas en Justus met gejuich was begroet – maar dan had ze wel een uur nodig om van alle aanbieders in de omgeving de recensies te lezen én de keurmerken op de site te checken. Zo'n tocht was op zich helemaal niet gevaarlijk, maar als de helmen niet aan de eisen voldeden en de touwen voor het abseilen te vaak waren gebruikt, werd het natuurlijk een heel ander verhaal.

Ze keek omhoog naar de grijze rots en dacht aan de keren dat ze al had geabseild. Elke keer bezorgde het haar weer een geweldige adrenalinerush als ze boven op een rots stond, die tientallen meters naar beneden keek en zich realiseerde dat ze zo meteen over de rand zou stappen. Het voelde tegennatuurlijk om dat te doen, maar als je eenmaal die afdaling maakte, was de kick geweldig. Ze wist vrij zeker dat canyoning hetzelfde effect zou hebben, misschien nog wel wat sterker omdat er ook zwemmen in sterke stroming en tijgeren door grotten in of net naast de rivier bij betrokken was. Wat dat betrof waren Koen en zij de perfecte combinatie voor canyoning. Als gymdocent vond zij het klimmen, afdalen en zwemmen geweldig, als aardrijkskundedocent hield hij natuurlijk van die prachtige rotsen en grotten die zo duidelijk de sporen van miljoenen jaren lieten zien. Hij kon er ook geweldig over vertellen. Toen ze de snelweg hadden verlaten en het Ardèche-gebied binnenreden, had Koen in de auto al de mooiste verhalen aan de jongens verteld. Vanaf de achterbank hadden Lucas en Justus vervolgens allemaal vragen gesteld en er was er niet een waar Koen geen antwoord op had geweten. 'Had je je voorbereid?' had Tessa die avond, toen de jongens al sliepen, aan hem gevraagd.

Zijn antwoord was met een grijns gekomen. 'Natuurlijk. Ik ken die twee van jou, die laten zich niet afpoeieren met een halfslachtig antwoord.'

'Dank je wel', had Tessa gezegd en terwijl ze haar hoofd tegen zijn schouder had gelegd, was haar keel ineens dik geworden. Ze had een traan weggeveegd die langs haar neus naar beneden gleed en toen Koen een kus op haar kruin had gedrukt, was ze nog dichter tegen hem aan gekropen. Zo hadden ze een tijdje gezeten, zonder iets te zeggen. Koen begreep dat hij op zulke momenten haar de ruimte moest bieden voor het verdriet, dat kwam en ging in golven. Golven die in de loop van die drie jaar minder hoog werden en haar ook niet meer, zoals in het begin, omverspoelden, maar die er waarschijnlijk altijd wel zouden zijn. Die er mochten zijn, ook. Dat ze de liefde opnieuw had gevonden met Koen, die ze zonder overdrijven als een lot uit de loterij kon beschouwen, betekende niet dat ze Stan niet meer miste. Het betekende niet dat ze geen pijn meer voelde bij de gedachte dat ze haar man nooit meer zou zien en dat de jongens voor altijd hun vader kwijt waren door zo'n zinloze, laffe en onbegrijpelijke daad. Een daad waarvoor de schuldige z'n straf was ontlopen en die de boeken in ging als een 'vergismoord', zonder gerechtigheid, zonder reden. Verkeerde tijd, verkeerde plaats. Verkeerde auto, ook. Want dat Stans donkerblauwe Volkswagen Golf nu precies moest lijken op de Golf van het waarschijnlijke doelwit van de schutter, en dat dat doelwit ook nog eens op dezelfde tijd als Stan bij dezelfde sportschool zou gaan sporten, was natuurlijk een samenloop van omstandigheden die je in geen honderd jaar zou kunnen verzinnen. En toch was dat precies hoe het was gelopen, op die fatale dinsdagavond, drie jaar en vier maanden geleden. Toen Stans leven was geëindigd door vier kogels in zijn buik en één recht in zijn hart. Hij had geen schijn van kans gehad. Toen de in allerijl door het sportschoolpersoneel gebelde ambulance was gearriveerd, was Stan al overleden. En was de schutter waarschijnlijk al onderweg naar het buitenland, zo had de politie gezegd. Iets minder dan een kwartier na de moord was op een camera in de buurt zo'n zelfde Volkswagen Golf gezien, in dezelfde kleur. Bij de parkeerplaats van de sportschool had die afgeremd, om na een paar seconden weer hard op te trekken. Het daadwerkelijke doelwit, was de conclusie van de politie. Jammer genoeg waren de kentekenplaten niet te zien op de camerabeelden en was de identiteit van die man nooit duidelijk geworden.

Onduidelijkheden, nooit opgehelderde omstandigheden, sporen die doodliepen – het onderzoeksdossier stond er helaas vol mee. Langzaamaan was tot Tessa doorgedrongen dat ze niet alleen haar man kwijt was, maar dat ze ook verder moest leven met de intens frustrerende wetenschap dat ergens in het buitenland, of inmiddels weer in Nederland, een man – daar ging ze tenminste van uit, dat het een man was – elke dag in vrijheid opstond en ging slapen in de wetenschap dat hij het leven van een jonge vader en de liefste echtgenoot ter wereld had weggenomen.

Ze sloot even haar ogen, opende ze weer en wreef over haar voorhoofd. Zoals wel vaker wanneer haar gedachten haar even meevoerden, had ze moeite om terug te keren in het hier en nu. Ze knipperde stevig en keek naar Lucas en Justus, die de oversteek hadden gemaakt en nu niet ver van het strandje met de bal aan het overgooien waren. Ze glimlachte toen ze haar jongste dapper uit het water zag opspringen, terwijl hij op dat punt amper kon staan. 'Hier Luc, hier!' riep hij naar zijn broer, die de bal keurig geplaatst net voor Justus' neus liet landen. Ze glimlachte en zwaaide even naar de jongens toen die haar kant uit keken. Die twee, zo voelde ze niet voor het eerst, hadden haar gered. Zonder Lucas en Justus zou ze misschien wel simpelweg in bed zijn blijven liggen of zou ze verbitterd zijn geraakt door het onrecht dat Stan was aangedaan. Maar voor haar zoons moest ze door. Achteraf wist ze niet meer hoe ze het had gedaan, maar als ze nu naar Lucas en Justus keek, hun vrolijke stemmen hoorde, zag dat ze goed in hun vel zaten, durfde ze erop te vertrouwen dat het ondanks alles goed met ze ging.

Ze stond op en liep naar de waterkant, waar ze met haar voeten in het water op een steen ging zitten. Lucas en Justus merkten haar niet meer op, zo gingen ze op in hun spel. Inmiddels hadden zich nog drie kinderen bij hen aangesloten en via een ingewikkeld systeem van overgooien en afpakken hadden ze hun eigen spel gemaakt. Een spel dat veel hilariteit opleverde, en de lach van de kinderen droeg ver over de rivier. Met een glimlach keek ze toe.

'Hè? Tessa? Nou, dat is... Nee, dat kan niet waar zijn.'

Met een verbaasde blik keek Tessa op. Even dacht ze dat ze het verkeerd had verstaan, dat iemand niet haar naam had genoemd maar eentje die erop leek. Maar het gezicht kwam haar toch echt bekend voor en behoorde toe aan Saskia Konings.

'Hè?' zei ze verbaasd. 'Wat doe jij nou... Niet te geloven!' Ze stond op en begroette de vrouw die naast haar stond wat onhandig met eerst drie zoenen en toen een omhelzing. 'Wat doe jij hier nou?'

'Hetzelfde als jij, denk ik.' De vrouw haalde haar hand door haar halflange, asblonde haar. 'Vakantie vieren.'

'Maar...' Tessa was nog steeds wat verdwaasd dat de moeder van Youri Konings uit klas 1c, die voor haar hoorde bij school, werk en Nederland, hier naast haar op het strandje op de oever van de Ardèche stond. Ja, deze camping stond vol Nederlanders, maar wat was de kans dat ze nu net een van haar leerlingen hier tegenkwam? En haar buurtgenoten, want Saskia en haar man Rolf woonden maar twee straten bij hen vandaan.

'Is Youri er dan ook?' vroeg ze, om meteen daarna haar hoofd te schudden. 'Ach natuurlijk, jullie hebben hem vast niet thuisgelaten.'

'Nee hoor, jawel, hij kan het prima alleen af', zei Saskia gekscherend. 'Hij is nu dertien, dus...'

De vrouwen grinnikten allebei. Toen keek Saskia om zich heen. 'Ik geloof dat Youri al in het water ligt. O, daar!' Ze wees en zwaaide vervolgens. 'Hij zal straks wel even gedag komen zeggen, maar zo te zien heeft hij jouw jongens al gevonden.'

'Die zullen voor hem wel veel te kinderachtig zijn', zei Tessa lachend. 'Lucas is negen. Die vier jaar zijn op deze leeftijd een eeuwigheid.'

'Geen zorgen', zei Saskia met een wuivend handgebaar. 'Youri is nog helemaal niet zo puberig. Als hij de kans krijgt, speelt hij het liefst nog in die hut in het bos, weet je wel.'

Tessa knikte. Niet ver van hun huis was een stukje bos waar de kinderen uit de buurt een grote hut hadden gebouwd. De een speelde erin, de ander was voortdurend bezig de boel nog groter en mooier te maken. Een gezamenlijk project waar ook Lucas en Justus geregeld uren doorbrachten.

'Ze kunnen hier wel een dependance van die hut beginnen', zei Tessa. 'Bos genoeg. Water trouwens ook.

De jongens hebben zich nog geen minuut verveeld.'

'Dit is echt grappig.' Saskia knipperde een paar keer als om haar blik scherp te stellen. 'Zó toevallig.'

'Zeg dat wel', zei Tessa met een lach. 'Van alle campings hier in de buurt...'

'Hebben we precies dezelfde uitgekozen, ja.' Saskia stopte met knipperen, maar fronste in plaats daarvan. 'Zijn jullie ook vandaag aangekomen?'

'Nee, wij zijn hier al drie dagen. Maar jullie zijn er dus pas net?'

'Ja, een uurtje. Rolf is nog bezig met de vouwwagen. Ik ga zo maar even terug, want zo'n vouwwagen in je eentje opzetten is een hoop gedoe.'

'Dat kan ik me voorstellen', zei Tessa. 'Hebben jullie een goede reis gehad? In één keer gereden?'

'In twee dagen. We hadden een overnachting in de buurt van Beaune. Het was wel druk onderweg, hoor. Gisteren hebben we bij Antwerpen bijna twee uur in de file gestaan.'

'Ai, dat is lang.'

'En vandaag bij Lyon was het ook langzaam rijden, maar goed, bij Lyon is het in het hoogseizoen altijd druk.' Ze keek Tessa aan. 'Hebben jullie wel in één keer gereden?'

'Nee, met de caravan is dat bijna niet te doen. Wij hebben iets boven Lyon overnacht.'

'O, jullie hebben een caravan, wat leuk.'

'Ja.' Tessa knikte een paar keer. 'We zijn er voor het

eerst mee op zomervakantie. Het was even wennen, maar ik moet zeggen dat het kamperen me echt heel goed bevalt.'

'Wij doen het ook al jaren, veel leuker dan zo'n stacaravan of een heel vakantiehuis. En wat je zegt: op zo'n camping is altijd wel wat te doen voor kinderen.'

Op dat moment viel Tessa's oog op de boom waar haar zoons opnieuw aan het spelen waren. Precies toen ze keek, vloog Youri met een grote boog het water in.

'Waar staan jullie?' vroeg Saskia.

'Plek eh... veertig, geloof ik. Aan die kant.' Ze wees achter zich. 'Jullie?'

'Wij staan ook in dat gedeelte. Misschien staan we wel naast elkaar, wie weet.' Ze grijnsde. Tessa lachte ook, al kreeg ze het even benauwd bij die gedachte. Ze mocht Saskia heus wel graag, maar was op vakantie ook op haar privacy gesteld. 'Volgens mij hebben wij iets met vijftig', zei Saskia toen en Tessa haalde opgelucht adem. Geen directe buren.

'Ik ga Rolf maar eens helpen', zei Saskia. 'Youri kan wel op zichzelf passen. Hij weet waar we staan, hij is goed met plattegronden. Eén keer een route lopen en hij kent hem uit zijn hoofd.' Ze grijnsde. 'Duidelijk geen kind van z'n moeder.'

Tessa lachte ook. 'Ik zit hier voorlopig nog wel. Als er iets is, kan ik hem ook helpen.'

'En als we helemaal geïnstalleerd zijn, gaan we wel

even een wijntje drinken samen', zei Saskia. 'Lijkt me gezellig.'

'Ja, zeker ja.' Tessa knikte enthousiast. 'Laten we dat doen. Succes met de vouwwagen.'

Saskia trok een gezicht waaruit bleek dat ze het gedeelte van de vakantie waarin de tent opgezet moest worden liever oversloeg en nam daarna afscheid. Tessa ging weer op haar strandstoel zitten en keek naar de drie jongens die nu om beurten aan het touw slingerden. In zichzelf grinnikte ze om zoveel toeval dat ze bijna twaalfhonderd kilometer van huis nu net hun buurtgenoten tegen het lijf liep.

Hoofdstuk 2

De zon was z'n hoogste punt net gepasseerd en Tessa nestelde zich in de aangename stralen. De rivier rook naar grond en vocht en bood plaats aan hele families die aan het volleyballen of zwemmen waren of in het diepe gedeelte ronddobberden op een donut of eenhoorn. Dichterbij, waar het water een centimeter of dertig diep was, probeerden kinderen met een schepnetje visjes te vangen die hen steeds te snel af waren. Een peuter met een rood zwemvestje aan schaterde zo hard om zijn mislukte pogingen dat Tessa automatisch meelachte. Verderop, in het midden van de rivier, wiebelden Lucas en Justus in hun opblaasbootje. Met veel gegil deden ze elke keer alsof ze echt niet konden blijven drijven waarna ze met boot en al omsloegen. Tessa keek een tijdje naar hun spel, waarna ze zich weer op haar boek probeerde te concentreren. Zonder succes, haar aandacht werd steeds afgeleid.

Iets verder dan de plek waar de jongens speelden, trokken de kano's voorbij in een niet-aflatende stroom felgekleurd polyester. Het gebonk van peddels tegen de harde kunststof was verworden tot een achtergrondgeluid dat ze amper nog opmerkte. Dichterbij probeerde een Duitse man een klein, trillerig hondje over te halen het water in te gaan. Hij gooide eerst een takje, toen een steen, maar het beestje toonde geen enkele interesse in het apporteren ervan. Iets verderop kwam een soortgenoot voorbij op een sup-plank, als een keizer die vanaf de punt zijn rijk overzag. Het oranje zwemvest stak fel af tegen de donkerbruine hondenharen. Zijn baasje stond achter hem en stak afwisselend links en rechts de peddel in het water. Een bal met regenboogkleuren vloog rakelings langs hem. Hij lachte even en zwaaide naar de kinderen die met handgebaren hun excuses maakten.

'Ha, daar ben je.' Koen dook naast haar op met in zijn hand precies zo'n stoel als waar ze zelf op lag. 'Hoe is het hier?'

'Heerlijk', zei Tessa. 'Ik heb al eh...', ze telde met veel gevoel voor theater, 'vijf bladzijden gelezen.'

'Best een goede score in een uur tijd', grinnikte Koen. 'Mensen kijken is veel leuker. O, daar is Youri.'

De jongen kwam voorbij, stak even zijn hand op en liep toen met snelle passen het water in, alsof de bodem daar niet bestond uit glibberige stenen en punten die zich pijnlijk in je voeten boorden. Youri leek daar ongevoelig voor te zijn.

Koen klapte zijn stoel uit en installeerde zich naast Tessa in de zon. Samen keken ze naar de drie jongens. 'Ik heb soms moeite te geloven dat Lucas over niet al te lange tijd ook een puber zal zijn', zei Tessa. 'Hij is nog zo klein vergeleken bij Youri, al schelen ze maar vier jaar.'

Ze hield haar hoofd schuin en keek nadenkend in de richting van Youri. Hij had Lucas en Justus nu bereikt en stelde te oordelen aan zijn handgebaren voor om naar de boom met het touw te zwemmen.

'Hoe kennen ze elkaar eigenlijk?' vroeg Koen.

'Saskia en Rolf wonen een paar straten verderop. Als ze met een hele groep buurkinderen buiten speelden kwamen de jongens elkaar weleens tegen, niet dat ze vrienden waren.' Ze dacht even na. 'Youri zat wel op dezelfde basisschool, maar vier klassen verschil is natuurlijk te veel om samen te spelen.'

Ze keek toe hoe Lucas, de trouwste van het stel, eerst het bootje naar de kant bracht. Hij meldde braaf het nieuwe plan om bij de boom aan de overkant te gaan spelen. 'Is goed, schat', zei Tessa. 'Veel plezier.'

Haar jongste en Youri waren al bijna aan de overkant, maar Lucas wist zich met krachtige slagen al snel een weg naar de andere kant van de rivier te banen. Hij was altijd goed geweest in zwemmen.

'Oké, nu ga ik echt lezen', zei ze met een grijns. 'Minstens vijf bladzijden erbij in het komende uur.'

'Succes', zei Koen en hij sloeg zijn eigen boek open. In een mum van tijd was hij erin verdiept, maar hij verstond dan ook de kunst zich volledig af te sluiten voor omgevingsgeluid – een eigenschap die mannen sowieso geperfectioneerd leken te hebben. Stan was er ook altijd erg bedreven in.

Haar eigen gedachte bezorgde Tessa even een steekje in haar buik. Zo'n moment had ze wel vaker, dat ze ineens aan hem dacht. En hem miste. Ze richtte haar blik weer op haar zoontjes en ze zag Stan voor zich, zwemmend met zijn krachtige armen – Lucas had het niet van een vreemde. Hij zou zoveel lol hebben gehad in het water en met dat geslinger aan het touw. Rouw was niet alleen missen wat je zelf niet meer had. Het was ook de pijn van wat je niet meer kon geven. En ze had Stan die tijd met zijn kinderen zo hard gegund. Tijd die hem was afgepakt door de meest zinloze dood ooit.

Een vergismoord – dat verzon je toch niet? Negenendertig jaar, de baan waarvoor hij hard had gewerkt, hun prachtige gezin. Zijn brede lach, zijn warmte die niet alleen haar en de jongens maar ook hun familie en vrienden kon omhullen als een deken. Zijn vrolijke stem, zijn lieve appjes. Alles in één keer weg door zoiets bizars. Drie jaar later wist ze nog steeds niet hoe ze dat ooit moest accepteren. Er was geen zinvolle manier om dood te gaan als je negenendertig was, een ziekte sloeg natuurlijk ook nergens op. Allemaal nutteloos. Maar op de verkeerde tijd op de verkeerde plaats zijn en dan ook nog dezelfde auto rijden als de crimineel die eigenlijk in zijn plaats doodgeschoten had moeten worden...

Ja, ze had haar hoofd omhooggehouden, was doorgegaan met haar leven. In het begin had het allemaal zo nutteloos gevoeld, maar gaandeweg had ze gemerkt dat afleiding ook wel prettig was. Dat ze tijdens haar werk soms een halfuur niet aan Stan dacht of dat ze in de lach schoot als Lucas of Justus iets grappigs deed. Daar had ook schuldgevoel bij gehoord, maar inmiddels was ze daaraan gewend. En ze wist ook dat Stan nooit van haar zou hebben verlangd dat ze niet meer zou lachen omdat hij er niet meer was. Juist niet. Zoals zoveel stellen hadden ze dat gesprek heus weleens gevoerd. Wat als ik er niet meer ben? 'Ik zou zo een ander hebben', had hij gekscherend geroepen. 'Zo'n geweldige man als ik!'

'Als je het maar laat', was haar niet-gemeende antwoord geweest. 'Vanuit de hemel zal ik je het leven zuur maken.'

Ze geloofde niet eens echt in de hemel. Haar gedachten over leven na de dood, of een gebrek eraan, had ze nooit echt concreet hoeven maken. Tot Stan overleed was haar leven heerlijk vrij van verlies geweest – een voorrecht dat ze zomaar voor lief had genomen.

‘En jij?’ had Stan gevraagd. ‘Ik neem aan dat je eeuwig om mij blijft treuren.’

‘Geen denken aan’, had ze geantwoord in een poging hem te overtroeven. ‘Voor mij staan ze in de rij, nog voor de begrafenis voorbij is.’

Stan had hartelijk met haar meegelachen. Daarna was hij ineens vreemd serieus geworden. ‘Ik hoop het wel’, had hij gezegd. ‘Ik hoop dat als ik er niet meer ben, jij het geluk met een ander vindt. Voor jezelf, en voor de jongens.’

Ongemakkelijk had Tessa zijn woorden weggelachen, niet wetend dat ze nog geen jaar later zijn kist zou sluiten in de bizarre wetenschap dat ze dat gezicht waar ze zoveel van hield, nooit meer zou zien.

In het begin had ze natuurlijk niet aan die woorden gedacht. Geen ander dan Stan: dat was een gevoel dat zich tot in haar haarvaten had vastgezet. Hoe kon ze ooit al die liefde die voor hem was bedoeld aan een ander geven? Maar op een bepaald moment – Stan was ongeveer een jaar dood – had ze gemerkt dat er een tweede stroom naast kon ontstaan. Een stroom die niets afdeed aan wat ze voor Stan voelde, een beetje als het krijgen van een tweede kind.

En toen was Koen verschenen.

Nou ja, niet verschenen, want hij was er al wat langer. Een vriendelijke collega, op afstand. Deskundige aardrijkskundeleraar, geliefd bij leerlingen en nog meer bij hun ouders. Tot meer dan een gesprek bij de koffieautomaat in de lerarenkamer was het tussen haar en Koen tot dan toe niet gekomen, of je moest hun gedeelde aanwezigheid bij rapportvergaderingen meetellen. Hij was zachtaardig en invoelend, en knap op een manier die niet opzichtig de aandacht trok. Ook de hare niet: ze had nooit eerder oog voor hem gehad dan tijdens die werkweek met 4 vwo naar Berlijn, een jaar en zes weken na Stans eerste sterfdag.

'Gaat goed hè, met die bladzijden.'

Tessa keek opzij, gedesoriënteerd omdat Koens stem haar uit haar gedachten zo naar het heden trok. Ze zag zijn lachende gezicht en moest even omschakelen. 'Ja', zei ze toen. 'Ik schiet alweer lekker op.'

Van lezen kwam het daarna ook niet, omdat de jongens uit het water kwamen en zich vol verhalen bij hen meldden. 'En Youri kan zó hoog springen dat het water helemaal zo, splesj, omhoogkwam, echt net een vulkaan of zo.' Met zijn handen probeerde Lucas uit te beelden hoe spectaculair het water was opgespat en hoe cool de sprong van zijn vriend was geweest. 'Je moet echt mee, Koen. Ga een keer van dat touw jumpen, het is zo gaaf.'

'Oké', zei Koen en hij keek even naar Tessa. In zijn blik las ze precies wat ze zelf ook voelde. Het was heerlijk om te zien hoe de jongens zich vermaakten en hoe ze zo ongeveer licht gaven als ze vertelden over hun avonturen van die dag. 'Maar wel uit de buurt blijven', voegde hij eraan toe. 'Want ik vrees dat ik met dat lichaam van mij een nog veel grotere vulkaan creëer.'

'Je bent anders helemaal niet dik', merkte Justus op.

'Nee vriend, maar wel twee meter en drie centimeter. En als ik eerlijk ben, ga ik ook flink mijn best doen om spectaculair in het water te landen.' Hij knipoogde naar Tessa en stond daarna op om zijn kunsten te gaan vertonen. Voor de show rekte hij zijn armen een paar keer uit en liet zijn hoofd van links naar rechts vallen voor hij met een grote sprong in beweging kwam, het water in rende en zich op zijn buik liet vallen. Daarna zwom hij met een plonzende borstcrawl in hoog tempo naar de overkant van de rivier, alsof hij ineens onderdeel was van een survivalwedstrijd. Met veel gejoel zetten Lucas en Justus de achtervolging in, Youri volgde op een afstandje.

'Ze hebben elkaar alweer gevonden, zie ik.'

Tessa keek opzij toen ze de stem hoorde. Naast haar stond Saskia met in haar ene hand een strandtas en in de andere een opvouwbare ligstoel. Een grote zonnebril tooide haar neus en onder haar losse strandjurkje was een bikini met felroze bloemen te zien.

'Zeker', knikte Tessa. 'En Koen heeft ook het kind in zichzelf gevonden, zo te zien.' Ze grinnikte toen ze zag hoe haar vriend met een, zoals hij had beloofd, enorme zwaai van het touw in het water landde.

'Drankje?' bood Saskia aan met een handgebaar in de richting van het kleine barretje iets verderop. 'Ik ga een aperol spritz halen.'

'O, heerlijk', antwoordde Tessa met een grote glimlach. 'Precies het juiste drankje met deze warmte. Maar ik kan ook even naar de caravan lopen en er zelf twee maken?'

'Nee joh, doe geen moeite', zei Saskia. 'Het is vakantie, blijf lekker zitten.' Ze liep naar de strandbar en Tessa keek naar Koen, die opnieuw op de kant klom voor een nieuwe zwaai aan het touw. Na hem volgde Youri en toen Lucas. Tessa zag hoe Koen Justus ver boven zich tilde en daarna van zich af in het water gooide.

Even later was Saskia terug met de drankjes en ook Rolf sloot aan. Hij droeg een limegroene zwembroek met een print van ananassen en een petje in ongeveer dezelfde kleur. Hij zette een paar flesjes bier neer in het zand. De condens droop van het glas. 'Is het allemaal gelukt met de vouwwagen?' vroeg Tessa.

Gisteren waren ze nog even langs de plek van Saskia en Rolf gelopen, waar Rolf in gevecht was geweest met een scheerlijn die over een eigen wil leek te beschikken. Rolf grinnikte. 'Uiteindelijk wel. Het is maar goed dat we twee weken op deze camping blijven. Andere jaren gingen we nog weleens wat meer trekken. Dan stond de tent net en moesten we hem weer inklappen.' Hij schudde zijn hoofd. 'Voor Youri is het ook leuker om wat langer te blijven.'

'Proost', zei Saskia en ze tikte met haar plastic cocktailglas tegen dat van Tessa. 'Op het strand mogen ze geen echte glazen gebruiken – veel te gevaarlijk met al die kindervoetjes.'

'Snap ik', zei Tessa. 'Maar het doet niets af aan de smaak, want dit is echt een heerlijke cocktail.'

Rolf opende een van de bierflesjes. Hij haalde zijn petje van zijn hoofd en streek door zijn lichtbruine haar, dat dunner was dan Tessa zich herinnerde. Of misschien zei haar herinnering niet zoveel. Sinds Youri een jaar geleden de basisschool had verlaten, had ze Rolf en Saskia eigenlijk niet zoveel gezien.

'Kijk die jongens lekker spelen', zei Rolf nu. 'Thuis zijn ze niet van de gamecomputer af te slaan, maar je geeft ze wat water en een boom en ze talen niet meer naar Fortnite.'

'Heerlijk om te zien', zei Tessa. Ze ging iets meer rechtop zitten omdat ze Justus niet zag, maar hij bleek een paar meter te zijn verplaatst en vermaakte zich met een bal.

Rolf nam een slok van zijn biertje. Toen wendde hij zijn blik af en keek Tessa aan. 'Waar is Stan eigenlijk?'

Even dacht Tessa dat ze hem niet goed had verstaan. Ze staarde hem aan terwijl haar hart begon te hameren en een vreemde warmte zich vanuit haar nek verspreidde. 'Ik eh...' zei ze.

'Wat zeg jij nou?' Saskia gaf Rolf een por. Gegeneerd keek ze heen en weer tussen haar man en Tessa. 'Jeetje, Rolf...'

'Wat?' zei hij. 'Ik zei... O, sorry.' Hij sloot even zijn ogen toen hij zich zijn eigen fout realiseerde. 'Shit, dit is zo... De hele tijd denk ik: wel de goede naam zeggen, en dan toch...'

'Nee joh, maakt toch niet uit', zei Tessa, glimlachend om het ongemakkelijke moment zo snel mogelijk te laten passeren. 'Overkomt mij ook, hoor. Hij zit nog zo in mijn hoofd.'

'Dat snap ik.' Nu was het Saskia die zich ongemakkelijk leek te voelen. Tessa was het wel gewend. Als haar overleden man ter sprake kwam, waren mensen vaak bang om het verkeerde te zeggen, maar eigenlijk bestond dat niet. Ze had liever dat er nog over hem werd gepraat dan dat zijn dood, en zijn leven, angstvallig werd verzwegen. Dat ze nu met Koen was, betekende niet dat Stan onbespreekbaar was. Ze prees zichzelf gelukkig dat juist Koen dat als geen ander begreep.

'Het is ook nog maar kort geleden, toch', zei Rolf nu. 'Wat is het? Drie jaar?'

Tessa knikte. 'Drie jaar en vier maanden.'

'Jeetje.' Rolf floot tussen zijn tanden. 'Ik weet nog dat we daar stonden, met al die leerlingen. Dat was...'

'... indrukwekkend', vulde zijn vrouw aan.

'Zeker', zei Tessa. Ze knipperde een paar keer. Beelden van het moment dat Rolf bedoelde kwamen onherroepelijk in haar hoofd op. Ze liet het gebeuren, vond het niet erg. Het was een verdrietige herinnering, maar tegelijkertijd een van de mooiste momenten die ze ooit had meegemaakt. Eerst had ze dat gevoel maar vreemd gevonden, ongepast ook. Nu wist ze dat juist op momenten van intense pijn al het mooie ook veel groter werd. 'Hoe ze daar stonden bij het crematorium,' zei ze terwijl ze in gedachten terugging in de tijd, 'met allemaal een witte bloem in hun hand. Dat was prachtig.'

'Ruim driehonderd kinderen', knikte Saskia. 'Als je die bij elkaar ziet, besef je pas wat een grote groep dat is.'

'Ik weet zeker dat Stan het geweldig zou hebben gevonden', zei Tessa. 'Hij hield zoveel van zijn werk.'

'Hij was toegewijd', knikte Rolf nu. 'Altijd met die kinderen bezig. Daar moest je niet aan komen, want dan kwam je aan hem.'

Tessa zei niets. Stan was geliefd geweest als basisschooldirecteur. Dat wist ze al, maar het nu, jaren later, weer horen maakte dat haar hart zich een klein beetje meer opende. En tegelijkertijd deed het pijn dat hij ook dat niet had kunnen voortzetten, het werk waar hij zoveel van hield. Van de juf van Lucas en de meester van Justus wist ze dat hij werd gemist binnen het team. Een directeur die voor zijn mensen opkwam en ten strijde trok tegen de, in zijn ogen soms absurde, keuzes die werden gemaakt om te bezuinigen. 'Bij Stan voelde je je tenminste gezien', had Liesbeth, Lucas' juf, laatst verzucht. 'Hij liet je doen waar je goed in was en nam alles wat je daarvan afleidde zoveel mogelijk weg. Strijd met de koepel, bijvoorbeeld. Of soms met ouders.'

'Tja', zei Saskia, die de stilte kennelijk ongemakkelijk begon te vinden. 'O kijk, daar komen de jongens aan. En Koen.'

Tessa wist niet of ze het zich verbeeldde dat ze de

naam met wat extra nadruk uitsprak. Het deed er ook niet toe. Ze zwaaide naar Lucas die als eerste uit het water kwam, gevolgd door zijn broertje en door Koen. Youri sloot de rij. Saskia sprong op en sommeerde de jongens om met z'n drieën aan de waterkant te gaan staan zodat ze een foto kon maken.

'Biertje?' bood Rolf aan Koen aan, die grif knikte. 'Lekker. O, nog koud ook.'

'Het leven is te kort om lauw bier te drinken', grijnsde Rolf. Hij bood Koen een opener aan en daarna tikten de twee mannen met de flessenhalzen tegen elkaar bij wijze van toost. 'Mogen we een ijsje halen?' vroeg Lucas. 'Ah, toe?'

'Natuurlijk.' Tessa gaf hem haar pinpas en strikte instructies mee en de drie jongens vertrokken naar het kleine barretje. Daarna strekte ze zich uit op haar stoel, pakte haar cocktail weer en nam een slokje. 'O, heerlijk', zei ze en ze sloot even haar ogen. 'Het lijkt wel vakantie.'

'Zeg dat wel', zei Saskia. 'En wat een heerlijke camping is dit.'

'Zijn jullie hier eigenlijk op de bonnefooi terechtgekomen?' vroeg Tessa.

'Nee, van tevoren geboekt.' Saskia keek haar aan en Tessa kreeg het idee dat ze iets geks had gezegd. 'Op de bonnefooi kun je misschien nog een *camping municipal* vinden, maar dit soort campings zijn maanden voor de zomervakantie al helemaal volgeboekt.' Saskia hield haar hoofd schuin. ‘Of zijn jullie op goed geluk hier terechtgekomen?’

‘Nee joh, nee.’ Tessa schudde haar hoofd. ‘Maar dat komt ook doordat Koen moeite heeft met het hele concept “bonnefooi”. Die is bang dat om de hoek bij de camping waar je dan terechtkomt, een nog veel leukere camping zit.’

‘Wat vaak ook zo is’, zei Koen met zijn biertje in de lucht.

Saskia glimlachte. ‘Ik moet toegeven dat ik dit wel herken. Ik spel de websites van de campings voor ik er eentje boek. Maar...’ ze raakte even Tessa’s arm aan, ‘maak je geen zorgen. Dit is absoluut de allerleukste camping in deze omgeving. Hebben jullie al gekanood?’

‘Nee, dat willen we nog gaan doen.’

‘Wanneer?’ vroeg Lucas, die voor haar was opgedoken met een ijsje in zijn ene en de pinpas in zijn andere hand. ‘Morgen?’

‘Meneertje ongeduld’, antwoordde Tessa liefkozend. ‘We hebben nog ruim de tijd, we zijn hier nog bijna twee weken.’

‘Tessa heeft ook bedacht om canyoning te gaan doen’, zei Koen, die nu achter haar stond om iets uit de tas te pakken en met zijn vinger over haar schouder streelde. ‘Afdalen in een supersmalle rotsspleet terwijl je aan een touw hangt, echt superleuk. Ga nooit op vakantie met een gymjuf.’ Hij probeerde het met grappig bedoeld sarcasme te zeggen, maar Tessa wist dat hij het minstens zo leuk vond als zij. Alleen had Koen zijn bedenkingen gehad toen ze had voorgesteld meteen een canyoningtocht van een halve dag te boeken, met steile en moeilijke afdalingen in smalle rotsspleten. 'Misschien is het voor de jongens leuker om met een familietocht te beginnen?' had hij gezegd.

Het probleem was alleen dat haar jongens op haar leken. 'Nee, ik wil die!' had Justus geroepen, wijzend op een YouTube-filmpje op Tessa's telefoon. 'Kijk hoe gaaf die hoge afdaling is.'

'Koen heeft gelijk', was Tessa's antwoord geweest. 'Laten we eerst maar eens proberen of we het echt zo leuk vinden als we denken. Dan kunnen we daarna altijd nog die moeilijke tocht boeken.'

'Jij liever dan ik', zei Saskia nu enigszins huiverend. 'Ik ga echt niet aan een touw langs zo'n rots bungelen. Met mijn hoogtevrees zou dat een regelrechte ramp worden.'

'En toch ben ik ervan overtuigd dat het veiliger is dan in de ochtendspits op de A2 rijden', zei Tessa. 'Hoewel je van canyoning meer adrenaline krijgt dan van filerijden.'

'Mag Youri mee?' vroeg Lucas. Over zijn hand liep een straaltje aardbeienroomijs. 'Dat is zo cool!'

'Laten we eerst maar eens met z'n vieren gaan', zei Tessa.

'Zullen we dan binnenkort wel met z'n allen kanoën?' vroeg Lucas. 'Dat is toch leuk? Youri zei al dat hij dat wel wilde.'

Tessa keek vluchtig naar Koen, die nu op zijn handdoek zat. Hij tuitte zijn lippen en knikte wat. 'Ja, waarom niet?' zei hij toen. 'Als jullie dat ook leuk vinden?'

'Heel leuk', knikte Saskia. 'Maar jullie gaan eerst canyoning doen, laten we daarna maar eens kijken wanneer jullie zin hebben in nog meer avontuur.'

'De dag erna', zei Lucas zonder een spoortje sarcasme en de volwassenen schoten in de lach.

'We spreken het nog wel af', zei Tessa terwijl ze overeind kwam uit haar stoel. 'Maar eerst ga ik nieuwe cocktails halen, want de mijne is zo te zien verdampt.'

'Dat gaat snel met die warmte', beantwoordde Saskia haar gekscherende opmerking. 'Wacht, ik loop met je mee.'

Tessa pakte de plastic glazen en rozig van de warmte en een vleugje alcohol liep ze naar het barretje met het gevoel dat ze in maanden niet zo ontspannen was geweest.

Hoofdstuk 3

HET GEBULDER VAN HET WATER WAS ZO LUID DAT ZE de stemmen niet kon verstaan. Naast haar viel het water naar beneden, de koude druppels landden op haar wangen en handen. Ze keek omhoog, waar de stroom ontsprong aan de steile rotswand, en naar beneden, waar hij meters lager opging in de kleine bergpoel tussen de rotsen. Onder haar schoenen voelde ze hoe glad het oppervlak van de rots was waarop ze stond. Voor zich zag ze Koen die een paar keer diep moest ademhalen voor hij genoeg moed had verzameld. Toen zette hij dapper een pas naar voren en het volgende moment vloog hij door de lucht voor hij met een plons landde in het water, waar Lucas en Justus al op hem wachtten.

'*Madame!*' riep de instructeur, die zich als Pierre had voorgesteld en daarbij niet zonder trots had vermeld dat er geen naam was die beter bij hem paste, omdat de zijne 'rots' betekende. En hij zo'n beetje op de rotsen van de Gorges de l'Ardèche was opgegroeid.

Tessa deed een stap naar voren. Het waren die 'gorges' – die kloof – waar ze nu al bijna een uur ronddwaalden en waar ze steile wanden hadden beklommen en zich als een soort menselijke kano's door de sterke stroming hadden laten meevoeren. De jongens vonden alles fantastisch en zelf genoot ze bij elke adrenalinestoot, en dat waren er behoorlijk veel.

'*Oui*', zei ze en met een handgebaar maakte ze aan Pierre duidelijk dat ze klaar was om ook te springen. Ze keek nog even over de rand, nam toen een kort aanloopje en het volgende moment voelde ze hoe ze even zweefde en vervolgens in hoog tempo naar beneden viel voor de landing in het frisse bergwater haar de adem benam. Adrenalinekick nummer zoveel, bedacht ze toen ze met een glimlach bovenkwam.

'Mooie move, mam', zei Justus bewonderend. 'Je sprong echt ver.'

De volgende plons kwam van Pierre die zich weer bij hen voegde en hun daarna voorging naar een soort natuurlijk trappetje dat uit het water voerde. Met een druipende wetsuit hees Tessa zich op de platte bovenkant van een rots. Het bleek te horen bij een niet al te breed pad dat het bos in leidde, met aan weerszijden een poel met een waterval. Het water waarin ze net waren gesprongen, was iets wijder en zo te zien ook iets dieper. Aan de andere kant van de rots scheen de zon precies in de poel, waardoor die groenig, bijna turquoise oplichtte. 'Moet je kijken', zei ze tegen Koen. 'Niet normaal, zo mooi.'

Hij keek haar aan met een blik in zijn ogen die verried dat hij bijna nog meer door het hele avontuur was gegrepen dan Lucas en Justus. 'Ik wist niet dat dit zo gaaf was', verzuchtte hij. Met zijn hand streek hij over de rots. 'Zo mooi ook dat je overal ziet hoe de rivier bijna meedogenloos z'n weg door het kalksteen heeft gebaand. Hier, je ziet echt precies de lijnen lopen.'

Tessa's mond krulde zich in een glimlach. 'Dit krijg je als een gymjuf en een aardrijkskundemeester samen op pad gaan', zei ze gekscherend. 'Een avontuurlijke tocht met oog voor de riviererosie in het kalksteen.' Ze leunde naar voren en gaf Koen een kus op zijn lippen. 'Ik ben blij met jou.'

'En ik met jou', zei hij, waarna hij zijn armen om haar heen sloeg waarbij hun wetsuits stroef tegen elkaar wreven.

'Ieuw', was het commentaar van Lucas. 'Zullen we gewoon verder lopen?'

'Goed plan, jongen', zei Koen met een knipoog naar Tessa. Pierre had samen met zijn collega Louise zijn weg al vervolgd het bos in en ze liepen achter hen aan.

Vanaf hier wachtte weer een steile klim over een rotswand van een meter of drie hoog. Pierre ging voorop en klom alsof er geen zwaartekracht bestond. Toen hij een plateau had bereikt bond hij daar het touw aan een ijzeren oog dat stevig in de rots zat verankerd. Hij gooide het andere uiteinde naar beneden, waar Louise het opving. Ze droegen allemaal een abseilharnas van banden die stevig om hun armen, benen en buik zaten en Louise bevestigde het touw er met een haak aan. Ze begon bij Tessa.

'*Ici*', zei ze daarna en wees op een oneffenheid in de rotswand waar Tessa precies haar voet op kwijt kon. '*Et là.*' Tessa keek naar het volgende uitsteeksel waaraan ze zich kon vasthouden. Tessa voelde haar nagel breken tegen de rotswand toen ze even wankelde, maar daarna hervond ze haar evenwicht en trok zichzelf een stukje omhoog. Met haar voet vond ze steun op de plek waar net haar hand nog was geweest. In het gymlokaal hadden ze een klimwand waar ze haar leerlingen graag liet zweten, maar dit was nog wel een ander niveau.

'Yes!' riep ze toen ze het plateau waar Pierre stond bereikte. Haar armen protesteerden door de inspanning. 'O, wauw.' Dat laatste ontsnapte aan haar mond toen ze aan de andere kant van het plateau naar beneden keek. Daar was de rivier te zien die zich een weg baande tussen de rotsen en langs de stenen die in het water lagen. Ze keek naar boven, waar hoog boven hen een roofvogel in de lucht cirkelde. Een moment lang was het alsof het leven in al z'n facetten door haar heen stroomde.

Justus en Lucas klommen ook naar boven, Louise volgde als laatste. Tessa schatte in dat Louise en zij van dezelfde leeftijd waren en dankzij haar werk als gymdocent was Tessa behoorlijk getraind, zowel in spierkracht als in conditie. Maar aan Louise, met haar pezige lichaam en enorme kracht, kon ze toch niet tippen. Zij klom alsof de wand geen steil stuk rots was maar een soort comfortabele trap. Met een laatste beweging van haar armen hees ze zich op het plateau. 'Zijn jullie er klaar voor?' zei ze en ze streek een haarlok uit haar gezicht. 'Zo meteen gaan we iets gaafs doen.'

'Ik ga jullie zekeren', zei Pierre.

'Gaan we hier naar beneden?' Met grote, ongelovige ogen keek Lucas eerst naar de begeleider en toen omlaag, waar de rivier een meter of tien lager voorbijstroomde. Hij was even vergeten dat hij en Pierre niet dezelfde taal spraken, maar Pierre begreep hem zo ook wel.

'Ja', knikte hij grinnikend en waar de begeleider misschien verwachtte dat Lucas' blik aarzeling of zelfs angst zou laten zien, wist Tessa wat er zou gebeuren. Haar zoon begon te glimmen toen hij heen en weer keek tussen Pierre en de diepe afgrond. Daarna wierp hij een blik op Tessa. 'Kunnen we elke dag canyoning doen, mam? Please?'

Hij struikelde over het moeilijke woord en moest het drie keer opnieuw proberen, wat zijn vraag iets vertederends gaf. 'Misschien gaan we nog wel een keertje', glimlachte Tessa. 'Maar laten we eerst maar eens heelhuids beneden zien te komen.'

Pierre en Louise bevestigden het touw aan weer zo'n ijzeren oog en daarna liet Pierre zich snel en kundig langs de wand zakken. Koen was de volgende. Louise controleerde zijn zekering en liet hem daarna zien waar hij het beste kon afdalen. Tessa moest lachen om de blik in zijn ogen toen hij op het randje stond en naar beneden keek. 'Gaat het?' vroeg ze toen ze zag dat hij een tikje wit wegtrok.

'Prima', zei Koen stoer en hij verschikte wat aan zijn helm. 'Geen enkel probleem. Ik vroeg me gewoon af waarom ze niet een wat hogere afdaling hebben uitgezocht in plaats van zo'n amateurrots.'

'Tuurlijk', zei Tessa lachend. 'Nou, ga dan maar, dan kun je ons laten zien hoe het moet.'

Koen moest overduidelijk nog één keer slikken, maar toen vermande hij zich en stapte over het randje. Tessa keek omlaag om te zien hoe hij zich nu beheerst en met kleine sprongetjes langs de wand omlaag liet zakken. '*Très bien*', zei Louise naast haar en daarna riep ze Lucas bij zich. Die ging heel wat minder beheerst en bijna stuiterend van enthousiasme naar beneden, gevolgd door zijn broertje. Tessa kreeg een brok in haar keel van ontroering toen ze Justus dapper zag afdalen, met zijn zeven jaar meer onverschrokken dan menig volwassene die ze kende.

Als laatste was ze zelf aan de beurt. Met een klik bevestigde Louise het touw aan het harnas en ze trok het stevig aan om te controleren of het goed vastzat. Daarna draaide ze het moertje aan waarmee de haak nog eens extra werd gezekerd, zodat die niet per ongeluk open kon gaan. Toen ze ook had gecontroleerd of Tessa's helm goed zat, knikte de vrouw en wees naar de rand. Tessa keek omlaag en zag haar gezin vanuit de diepte naar haar zwaaien. 'Kom op, mama!' klonk het stemmetje van Justus. Met een glimlach op haar gezicht stapte ze over de rand. Ze voelde hoe het harnas om haar benen spande en zette haar voeten tegen de loodrechte rotswand. Met kleine sprongetjes werkte ze zich een weg naar beneden, terwijl ze het touw losjes door haar handen liet gaan om zichzelf telkens een beetje ruimte te geven om te dalen. Halverwege bleef ze even stil hangen en keek om zich heen. Ondanks de warmte van de afgelopen tijd was het hier dankzij de rivier ongelooflijk groen. Overal waren bomen en planten, ook op de rotswand. Dicht bij zich hoorde ze vogels en het zoemen van insecten, verder weg was het ruisen van de rivier een bijna rustgevend geluid geworden, ook al joeg het water hier met grote snelheid door de stroomversnelling. Van onder in het dal hoorde ze haar jongens 'mama' scanderen en even liet ze één hand los om naar ze te zwaaien. Toen pakte ze het touw weer en liet het stukje bij beetje door haar handen glijden terwijl ze met sprongetjes tegen de wand steeds verder zakte.

'Wow, mam!' riep Lucas toen ze landde op het kleine plateau onder aan de rotswand. Ze voelde het water tegen haar benen spatten terwijl haar beide zoons hun armen om haar heen sloegen. Even bleef ze zo staan voor ze Koens blik ontmoette en naar hem glimlachte terwijl haar hart even oversloeg.

Tessa hapte naar adem terwijl ze overeind schoot. Ze zoog lucht naar binnen, zo scherp dat het pijn deed. Rechtop zat ze in het donker, haar ogen wijd opengesperd. In de luchtstroom van de airconditioning veranderde het zweet op haar lijf in kleine ijspegeltjes. Langzaamaan kreeg ze haar ademhaling onder controle. Ze sloot haar ogen, maar opende ze weer toen de beelden terugkwamen. Natte straatstenen, het lichaam dat vooroverlag, donkerrood bloed dat zich vermengde met regenwater.

Ze legde haar hand op haar bonkende hart. Het was maar een droom.

'Gaat het?' mompelde Koen half in slaap naast haar.

Ze knikte en bedacht pas daarna dat hij dat in het donker niet kon zien. 'Ja', zei ze zacht en schor. 'Ja, niets aan de hand.'

Hij sliep verder, maar ze wist dat ze zelf de slaap niet zomaar weer zou kunnen vatten. Ze vouwde haar lichaam tegen dat van hem. Het paste precies. Het trillen werd minder. Koen draaide zich om en trok haar in zijn armen. Ze sloot haar ogen en koesterde zich in de veiligheid van zijn armen. Het was al een tijdje geleden dat ze die droom had gehad. De therapie had geholpen, had ze toen opgelucht vastgesteld.

Tot nu.

Het bleef raar hoe ze die beelden in haar droom zo levensecht voor zich zag, terwijl ze in het echt nooit haar netvlies hadden bereikt. Haar hersenen hadden ze samengesteld op basis van de beschrijving van de politie. Ze had om details gevraagd, keer op keer. Diverse rechercheurs waren huiverig geweest om die te geven, maar ze moest weten waar Stan precies was gevallen, vanuit welke hoek de vijf kogels hem hadden geraakt, hoe hij de laatste seconden van zijn leven had doorgebracht. Ze had zelfs gevraagd of ze de foto's uit het dossier mocht zien, maar dat had de familierechercheur haar afgeraden. 'Je kunt ze nooit meer niet hebben gezien', had hij gezegd.

Ze had ervan afgezien. In haar hoofd had ze het plaatje al compleet. En zonder die foto's was het lange tijd moeilijk genoeg geweest om te slapen. Vaak had ze die droom gehad waarin ze Stan zag liggen. Dan kwam ze zelf aanrennen om hem te redden, maar hoe hard ze ook haar best deed, de afstand tussen haar en zijn lichaam werd nooit kleiner. Soms hoorde er nog een tweede deel bij de droom, waarin de daders van de moord achter haar en de jongens aan kwamen. Toen het onderzoek nog in volle gang was en de politie in het duister tastte over de achtergrond van de moord, kon ze de mogelijkheid niet uitsluiten dat het een gerichte actie was. En dat zij misschien ook wel voorkwam in de moordplannen van de daders. Ja, het was een ongelooflijk en misschien wel volslagen bizar idee. Maar dat was het idee dat Stan was vermoord ook.

Zo'n onderzoek maakte je gek. Nu, achteraf, kon ze wel begrijpen dat de politie tot in de haarvaten van hun bestaan informatie had moeten zoeken. Financiële gegevens, belastingaangiftes, WhatsApp-historie van hem én van haar, de belgeschiedenis – het was allemaal doorgelicht. Zelfs de autosleutel was uitgelezen, daarin kon je blijkbaar informatie vinden over waar de wagen was geweest en hoeveel kilometer er was gereden – ze had het nooit geweten. Ze hadden ook Stans werklaptop helemaal uitgeplozen. Vreemde vragen waren haar kant op gekomen: waren er weleens conflicten met ouders, had ze van Stan weleens iets gehoord over bedreigende e-mails? De waarheid was dat het antwoord op beide vragen ja was. Stan had haar verteld over ouders die woedend in zijn kantoor hadden gestaan omdat het middelbareschooladvies voor hun kind in hun ogen te laag was of omdat een leerkracht het had gewaagd een kind straf te geven. Stan had zulke ouders altijd voor een gesprek uitgenodigd en hij had zijn best gedaan hun kant van het verhaal serieus te nemen, maar dat betekende niet dat ze altijd in de beste harmonie uit elkaar waren gegaan. Hij zat ermee, dat soort gesprekken. Vond het vervelend als mensen het gevoel hadden dat ze niet rechtvaardig werden behandeld. Maar uiteindelijk koos Stan altijd de kant van het kind, dat nu eenmaal, de torenhoge verwachtingen van zijn of haar ouders ten spijt, op een lager niveau beter af was. Of van zijn personeel, dat in klassen van ruim vijfentwintig kinderen orde moest zien te houden.

Van een andere orde waren de keren dat de school signalen kreeg dat het niet goed ging met een kind en dat Stan had besloten melding te maken bij Veilig Thuis. Als professional was hij verplicht deze melding met de ouders te bespreken en dat waren zelden leuke gesprekken.

'Helaas gebruiken ouders niet altijd de netste bewoordingen om zich uit te drukken', had ze tegen de politie gezegd. 'Ik weet dat er zo nu en dan conflicten waren, maar over daadwerkelijke bedreigingen heb ik Stan niet gehoord.'

'Had hij het er thuis weleens over?'

'Zeker, al noemde hij nooit de naam van het kind of de ouders. Maar niet lang voor zijn dood heeft hij twee keer een Veilig Thuis-melding moeten doen, voor twee verschillende kinderen. Dat hakte erin.'

'Weet je ook waarom?'

Tessa had het precieze antwoord schuldig moeten blijven. 'Misbruik bij het ene kind, volgens mij. En hij noemde iets als verwaarlozing bij de ander. Maar hij kon er natuurlijk niet concreet op ingaan.'

Ze had beide rechercheurs zien knikken en vermoedde dat haar antwoord strookte met wat er op de computer was gevonden. Ze had er nog regelmatig naar gevraagd, maar de mails of berichten leken na een tijdje geen rol meer te spelen in het onderzoek. Er werd steeds meer uitgesloten en nieuwe richtingen waren er niet. Tot in een ander onderzoek een donkerblauwe Volkswagen Golf en een drugshandelaar met een abonnement bij de sportschool waar Stan ook sportte, naar voren waren gekomen. Een handelaar die bedreigd werd na een ripdeal in de haven van Antwerpen, zo was uit versleutelde berichten naar voren gekomen. Een handelaar die die avond niet was gaan sporten – was hij gewaarschuwd of was het toeval? – maar daar net zo goed wel had kunnen zijn. Een handelaar die qua postuur wel wat van Stan weg had.

Toen was die term gevallen: vergismoord. De theorie dat Stan door ingehuurde moordenaars voor de drugshandelaar was aangezien, was de meest plausibele die de politie had gehad. Wat niet betekende dat alle vragen waren beantwoord. Maar, zo had Tessa van de familierechercheurs begrepen, elk onderzoek had een bepaalde marge van onopgeloste vraagstukken, puzzelstukjes die niet helemaal – of helemaal niet – in elkaar pasten en zaken die ronduit onlogisch waren. Zolang die niet zo groot waren dat ze het onderzoek omverwierpen, kon de heersende theorie blijven bestaan.

'Maar we sluiten het onderzoek niet voor de zaak is opgelost', had een van de rechercheurs gezegd. En dat klopte, de zaak was formeel niet gesloten. Ruim drie jaar na dato kwamen er alleen geen updates meer, simpelweg omdat er niets te melden viel.

Tessa knipperde een paar keer en wreef met haar vingers over de brug van haar neus. Ze kroop nog wat dichter tegen Koen aan. Sloot toch maar weer haar ogen ondanks het gebrek aan slaap. Opende ze weer om wat in het donker te staren. Op haar telefoon zag ze dat het iets na halfvier was. Ze ging uit bed om bij de jongens te gaan kijken. Niet dat ze zich zorgen maakte, maar het hielp haar altijd om die twee slapende gezichtjes te zien. Naast hun bed aan de voorkant van de caravan ging ze op de vloer zitten. Ze keek naar Lucas, wiens gezicht haar het meest aan dat van Stan deed denken. Met haar ogen volgde ze de lijn van zijn kaak en zijn hoge voorhoofd en even voelde ze Stans aanwezigheid heel dichtbij.

De dag trok wazig aan Tessa voorbij. Ze reden naar Vallon-Pont-d'Arc, waar het warm en druk was. Ze vonden een parkeerplaats bij een grote supermarkt en moesten vanaf daar een stukje lopen, het dorp in. De jongens bleven staan bij toeristenwinkeltjes en kregen van Koen een voetbal met de naam van een voetbalclub die Tessa niet kende. Ze liepen door en kwamen in een straatje met aan weerszijden winkeltjes met kleding, sieraden en nog meer snuisterijen voor toeristen. Ze streken neer op een terrasje op het centrale plein. Op de hoek zat een ijssalon, waar de jongens zich vergaapten aan al die smaken en kleuren. Tessa kocht voor hen allebei een ijsje en voegde zich daarna bij Koen, die al koffie had besteld. 'Of wilde je liever wijn?' vroeg hij.

Ze schudde haar hoofd. 'Even geen alcohol. Dan val ik zo meteen in slaap.'

'Ik heb gevraagd of ze extra espresso in je cappuccino wilden doen', zei Koen. Hij hield zijn hoofd schuin en keek haar onderzoekend aan. 'Je ziet een beetje pips vandaag.'

Na de nachtmerrie had het slapen niet veel meer voorgesteld. Tessa was rond halfvijf weer naar bed gegaan, maar pas tegen de tijd dat Koen wakker was geworden, was ze weer ingedommeld. Kinderstemmen hadden haar binnen tien minuten alweer uit haar slaap gehaald. Het was niet erg, ze zou het wel inhalen.

'Wat een kunstwerk', zei Koen over de kleurige ijsjes van de jongens. 'Ik ben jaloers.'

'We gaan er voor jou ook eentje halen!' riep Lucas. 'Ik kan bestellen in het Frans. Fram-bwa... eh...'

'Dat is lief van je, jongen', zei Koen lachend. 'Maar ik heb nog koffie. Willen jullie in de draaimolen?'

Een draaimolen van het model dat op een ouderwetse kermis niet zou misstaan, vulde de rechterkant van het pleintje. Lucas keek afkeurend en beschouwde zichzelf duidelijk als te groot voor dit soort vermaak, maar toen zijn broertje begon te juichen, ging hij toch overstag. Koen gaf hun wat muntgeld mee en ze liepen naar het hokje waar de kaartjes werden verkocht. Tessa keek trots toe hoe haar tweetal, ondanks het gebrek aan kennis van de Franse taal, moeiteloos twee kaartjes kocht. 'Ik vind het knap hoe ze dat doen', zei Koen. 'Ik was op die leeftijd echt niet zo zelfstandig, volgens mij.'

'Ah, dus toen al een watje', stelde Tessa grinnikend vast.

'Precies.' Hij klopte met zijn vuist tegen zijn borst op de plek waar zijn hart zat. 'Watje *for life*! Misschien dat ik daarom zo'n spierpijn heb.'

'Ik voel er niets van', loog Tessa. 'Ik zou ook niet weten waarvan ik spierpijn moet hebben. Een beetje door stroomversnellingen sliden of rotswanden beklimmen, dat is natuurlijk dagelijkse kost voor mij.'

'O, natuurlijk, mevrouw is uiteraard olympisch atleet', grinnikte Koen.

Tessa moest ook lachen. 'Oké, ik geef het toe: als ik mijn teen beweeg, voel ik het in mijn elleboog. Terwijl ik dacht dat ik best goed getraind was.'

'Volgens mij heeft een mens spieren die uitsluitend en alleen tot leven worden gewekt bij canyoning', zei Koen. Hij keek haar aan. 'Het lijkt wel alsof je je iets beter voelt.'

'Dat is ook zo', zei Tessa. 'De koffie heeft z'n werk gedaan.'

Ze keek om toen ze achter zich ineens een bekende stem hoorde. ‘O, hé... Hoi, Saskia!’

‘Hé, hallo!’ reageerde Saskia, die net een paar tafeltjes bij hen vandaan wilde plaatsnemen, verrast. ‘Ik had jullie helemaal niet gezien. Wat toevallig! Rolf, kijk eens wie er ook zijn.’

Zo toevallig was de ontmoeting niet, Tessa had al meerdere mensen van de camping voorbij zien lopen. Vallon-Pont-d’Arc was het enige dorpje van formaat in deze omgeving.

‘Ook lekker aan het winkelen?’ vroeg Saskia, die nu dichterbij kwam.

‘Het is meer een ijsjes- en koffietour’, grinnikte Tessa. ‘Met winkelen hoef je bij mijn jongens niet aan te komen.’

‘Bij Youri ook niet.’ Saskia trok een gezicht. ‘Ik heb het net gewaagd om vijf minuten in een winkel te verblijven om een jurk te passen en nu heb ik kennelijk zijn dag verpest.’

‘Echt leuk, een puber’, zei Tessa met een lachje. ‘Kom er anders gezellig bij zitten.’

‘Kopje koffie?’ vroeg Koen, die een ober had gewenkt. ‘Ik wilde net een tweede ronde bestellen.’

‘Lekker’, zei Saskia terwijl ze een stoel bijtrok en ging zitten. Rolf nam naast haar plaats. Youri voegde zich ook bij hen, maar was duidelijk nog niet van plan zijn stuurse bui op te geven. ‘Waar zijn de jongens?’ vroeg Saskia. Tessa wees naar de draaimolen, waar Lucas en

Justus net aan de beurt waren. 'Ik ben zo terug', zei ze vervolgens. 'Even wat foto's maken.'

Saskia glimlachte. 'Dat doe ik ook de halve dag, ik krijg er geen genoeg van, ook al is hij nu dertien en wil hij niet eens op de foto.'

'Ach ja', zei Tessa schouderophalend. 'Leuk voor later.'

'Of voor Instagram', zei Saskia.

Tessa knikte wel, maar ze zou deze foto natuurlijk niet op social media plaatsen. Ze had haar accounts niet zo lang na Stans dood zelfs helemaal verwijderd. Ze miste ze niet. De media-aandacht voor de moord had veel mensen ook naar haar Instagram en Facebook geleid en daar zaten helaas ook figuren tussen die niet, zoals veel anderen, woorden van medeleven met haar hadden gedeeld. Wel vreemde uitspraken over hoe zij of Stan dit over zichzelf had afgeroepen en hoe de jongens – die ze ook voor die tijd niet eens herkenbaar in beeld had gebracht – wel wisten wat er met hun vader was gebeurd. Hoe zoveel anderen dat ook wisten, behalve wie het niet wilde zien. Hoe het netwerk op een dag wel aan het licht zou komen en hoe Stan voor zijn rol terecht zou staan bij het tribunaal. Op zulke berichten was dan ook weer bijval gekomen vanuit andere accounts, wat Tessa eigenlijk nog enger vond dan het bericht zelf.

Ze had de berichten en reacties natuurlijk aan de rechercheurs doorgestuurd, die er serieus mee om waren gegaan. De accounts waarvandaan ze waren gestuurd waren onderzocht en bleken deels toe te behoren aan onnozele zielen met waanideeën, vaak met slechts een of enkele volgers. Een deel van de accounts kwam uit het buitenland en was niet te traceren, of de accounts waren ronduit nep. In het laatste geval waren de gegevens naar het moederbedrijf van de social media doorgestuurd en diverse accounts waren ook daadwerkelijk verwijderd, maar Tessa had in die tijd te veel aan haar hoofd gehad om zich daarmee echt bezig te houden. Van de familierechercheur had ze begrepen dat het helaas bij meer mediagenieke zaken gebeurde dat buitenstaanders nare en soms ronduit kwetsende berichten stuurden. Het beste advies was om geen persoonlijke foto's te plaatsen en al haar socialmedia-accounts af te schermen of op te heffen. Dat laatste bleek een gouden idee.

Toen ze terugkwamen bij hun tafeltje, tikte Koen met zijn vinger tegen een foldertje dat op tafel lag. 'Ja, wij hebben ook plannen om te gaan kanoën', zei hij. 'En dit ziet er goed uit.'

'Wat?' vroeg Lucas en hij boog zich voorover om de folder te zien. 'O, kijk mam, dit wil ik!'

Tessa boog zich naar voren en zag dat het foldertje afkomstig was van het kanobedrijf dat ook de tochten vanaf hun camping organiseerde.

'We willen voor morgen een kanotocht boeken', zei Saskia. 'Bij deze organisatie kun je vanaf onze camping vertrekken en ze brengen je met een bus ook weer terug. De tocht is elf kilometer, en daar doe je met gemak een halve dag over.'

'Gaan wij ook, mam? Ah, toe?' Dat was Justus die verlangend naar de foto's keek. 'Dit lijkt me zo leuk.'

'We gaan zeker nog kanoën', zei Tessa.

'Ja, ik eh...' Saskia beet even op haar lip. 'Ik zei net tegen Koen dat Youri zo graag met z'n allen zou willen gaan. Hij vindt het maar saai alleen met ons.'

'Prima toch', zei Koen. 'Volgens mij vinden Justus en Lucas dat geweldig.' De jongens bevestigden zijn woorden met een enthousiast gejuich. 'Is dat oké, Tes?' vroeg Koen.

'Eh, ja. Natuurlijk.'

De drie jongens highfiveden met elkaar toen ze doorkregen dat hun wens werd ingewilligd. Tessa keek toe met een glimlach. Het had wel iets aandoenlijks, die kleine Justus die daar met die wat slungelige puber stond te highfiven zonder dat een van beiden het gevoel had dat de vriendschap kinderachtig dan wel te hooggegrepen was. Eerst had het haar verbaasd dat ze met z'n drieën zo goed konden opschieten. Het was niet zo dat Justus, toch zes jaar jonger dan Youri, erbuiten viel. Dat kwam ook doordat Youri in zijn doen en laten nog best kinderlijk was. Ze kon zich voorstellen dat hij met leeftijdsgenoten niet altijd even goed kon meekomen en dan was de rol die hij nu had, en die leek op die van een grote broer, misschien wel prettig voor hem.

'Oké dan', zei Saskia. 'Volgens mij zit het bedrijf dat die tochten organiseert hier in het dorp, dus we zullen er zo even naartoe lopen. Zullen we dan ook meteen voor jullie boeken?'

'Graag', zei Koen. 'Leuk.'

Saskia en Rolf dronken hun koffie en wilden wat geld achterlaten, maar Tessa wuifde het gebaar weg. 'Wij trakteren.'

'Dan doen wij dat de volgende keer', zei Rolf.

Toen ze vertrokken waren vroeg Koen om de rekening. 'Ik voel me echt een stuk beter', zei Tessa. 'Zullen we nog een rondje door het dorp lopen?'

Het voorstel kwam haar op drie mannengezichten te staan met elk exact dezelfde blik in de ogen. 'Oké, oké', zei ze lachend. 'We gaan terug naar de camping. Ik las in het animatieprogramma dat er een stormbaan in het zwembad is vandaag.'

Dat hoefde ze geen twee keer te zeggen en in hoog tempo liepen Lucas en Justus voor hen uit naar de parkeerplaats. Tessa pakte Koens hand en liet zich door hem door de drukke straat loodsen.

Hoofdstuk 4

DE VUILCONTAINER VIEL MET EEN KLAP DICHT EN DAT deed een boos zoemende wesp opvliegen om zijn vege lijf te redden. In het ochtendzonnetje passeerde Tessa de slagboom en de receptie en liep over de camping naar hun plaats. Het zwembad was net open en nu al waren alle bedjes bezet, al was een groot deel alleen maar getooid met een opgerolde handdoek om het te reserveren voor later gebruik. Dat een bordje bij de ingang duidelijk maakte dat dit handdoekje leggen niet was toegestaan, deed er niets aan af dat het elke dag gebeurde.

Ze passeerde het sanitairgebouw, waar net na het

ontbijt nu alle afwasplekken bezet waren. Nog een half-uurtje voor ze werden verwacht bij het kano-verzamelpunt voor zwemvesten en peddels, waarna ze vanaf het strand zouden vertrekken naar het elf kilometer verderop gelegen eindpunt.

Ze liep een klein heuveltje af en kwam via de kampeerlaantjes met uitzicht op de rivier bij hun caravan, waar de bedrijvigheid in volle gang was. Koen had de kinderen opdracht gegeven zichzelf in te smeren met zonnebrand, wat resulteerde in twee glimmende jongenslijfjes en witte vlekken op het grondzeil. 'Goed bezig', zei Tessa. 'Stop de fles maar in de tas.'

Binnen in de caravan was Koen druk doende om met kaas en ham belegd stokbrood in aluminiumfolie te rollen. 'En ik heb bevroren flesjes water gekocht bij het campingwinkeltje', zei hij, duidelijk in zijn nopjes met zijn ontdekking. 'Dat ze dat gewoon verkopen, hè.'

'Slim', zei Tessa. 'Zijn jullie er klaar voor?' Dat laatste was voor de jongens bedoeld, tegen wie ze normaal gesproken een keer of twintig moest zeggen dat ze hun kleren en schoenen moesten aantrekken, maar dat was op schooldagen. Nu bleken ze prima in staat zichzelf op tijd aan te kleden, hun haar min of meer te kammen en hun tas te pakken. 'We moeten gaan', zei Justus met een nerveuze blik op Tessa's telefoon. 'Straks komen we te laat.'

'Komt goed, schat', zei Tessa en ze glimlachte even omdat haar zoon haar nu aan Stan deed denken. Die was altijd overal vijf minuten te vroeg.

Behalve die ene avond. Toen was hij precies op tijd daar waar hij niet moest zijn.

Ze zette die gedachte van zich af. 'Kom mee', zei ze en ze streek Justus over zijn haar. 'Je hebt gelijk: we moeten gaan.'

Koen sloot de caravan af en ze liepen naar het verzamelpunt van de kano-organisatie. Daar was het al behoorlijk druk. Tessa zwaaide even naar Saskia en Rolf, die al klaar waren. Er stond een bestelbus geparkeerd van waaruit een jongen met een geel shirt met daarop het logo van het bedrijf peddels uitdeelde, passend bij de lengte van de gebruiker. Een kleine voor kinderen, een grote voor volwassenen. Zijn collega stond bij een ander busje waaruit rode zwemvesten kwamen. De man hield er eentje omhoog. '*Child*', zei hij met een zwaar Frans accent en Tessa schoof de jongens naar voren.

Toen ze allemaal een zwemvest en peddel hadden en per kano een ton om hun spullen droog in te bewaren, volgden ze de twee mannen van het kanobedrijf naar het strandje waar de boten lagen. 'Hebben jullie er zin in?' vroeg Saskia. Tessa knikte. 'Het is ook heerlijk weer om te kanoën. Niet te warm, precies goed.'

'Niet te warm?' herhaalde Rolf, die met een rood hoofd en een petje puffend naast hen liep. Hij was belast met de bagage van zijn gezin en droeg naast een koeltas dus ook de ton, zijn peddel en een rugtas.

'Youri', zei Saskia afkeurend. 'Help je vader even. Zelf

mag ik niet tillen vanwege mijn rug.' Dat laatste was voor Tessa bedoeld. Die hees haar eigen rugtas wat hoger op haar schouder. 'Zal ik anders even helpen?'

'Nee joh, dat kan Youri toch doen? Kom op, schat, je vader begeeft het bijna.'

Uiteraard reageerde Youri zoals een ware puber met dramatisch rollen met zijn ogen, maar toen nam hij toch het leeuwendeel van de spullen over. Even later stonden ze op het strandje, waar weer een andere medewerker van het kanobedrijf met veel kabaal de boten van een rek haalde en op het zand liet landen. Nu pas realiseerde Tessa zich dat dit de luide ploffen waren die ze elke ochtend tot bij hun caravan hoorde.

'Zal ik er eentje met Justus nemen, en jij met Lucas?' stelde ze voor aan Koen. Hij knikte en duwde een kano het ondiepe water in. Daar stopte hij de spullen in de ton en bevestigde die in de houder achter op de kano. Vervolgens duwde hij het bootje iets verder het water in en ging op de achterste zitplaats zitten. 'Kom op, Luc!' riep hij vrolijk terwijl hij zijn peddel in het water stak. 'We maken er een wildwaterkano van!'

Tessa keek grinnikend toe en duwde daarna haar eigen kano het water in. Ze bevestigde de waterdichte ton, ritste haar zwemvest dicht en hielp daarna Justus met instappen. Als laatste ging ze zelf zitten en plantte haar peddel in het water. 'Wij zetten de achtervolging in!' kondigde ze aan. 'Varen maar, Just!'

Haar zoontje deed dapper z'n best, maar vooralsnog

draaide de kano vooral om z'n eigen as. Het duurde even voordat Tessa de slag goed te pakken had en na een paar keer onvrijwillig links of rechts op de oever afkoersen, lukte het om het bootje rechtdoor te laten gaan. Achter zich hoorde ze Saskia en Rolf min of meer dezelfde strijd voeren. Youri had veel sneller door hoe het peddelen werkte en schoot rechts van haar voorbij.

'Om de bocht zit de eerste waterslide', zei Koen toen Tessa hun kano op dezelfde hoogte als die van hem wist te krijgen. Hij rekte zijn nek uit of hij al wat kon zien en zei toen: 'Het zal er wel druk zijn, kijk hoeveel mensen er op het water zijn.'

Zelfs hier, op een breed en vlak stuk van de rivier, was het al uitkijken om niet tegen een ander bootje aan te komen. Overal om haar heen klonk het ritmische gebonk van peddels tegen het harde polyester van kano's die al naargelang het bedrijf waar ze waren gehuurd een knalpaarse, dieprode, gifgroene of andere knalkleur hadden.

'O, daar!' wees Tessa toen ze de vele kano's zag die door de betonnen versmalling probeerden te manoeuvreren, wat gebonk en een hoop hilariteit opleverde. Eén kano dreigde achterstevoren naar beneden te gaan, maar de twee vrouwen die erin zaten wisten het ding net op tijd en gierend van de lach te draaien. Het meisje van het kanobedrijf had uitgelegd dat het een kwestie was van de kano recht voor de ingang van de glijbaan leggen, afzetten en dan tijdens de afdaling de peddel boven je hoofd houden omdat die anders klem kwam te zitten. '*And smile*', had ze erbij gezegd, omdat onderaan de glijbaan een camera stond die automatisch foto's van alle kanoërs in volle actie maakte.

Dat lachen was niet helemaal wat Tessa deed toen de kano een paar keer tegen een ander bootje knalde, vervolgens sneller dan ze had verwacht naar beneden stortte en ze maar net op tijd de peddel boven haar hoofd hield. Ze had het gevoel dat ze in een wildwaterbaan in een pretpark zat. 'Dat was gaaf!' riep Justus uit, toen ze in het lagergelegen deel waren geplonsd en snel weg waren gepeddeld om niet door de volgende kano te worden geraakt. Tessa keek om en zag dat het hoogteverschil een stukje groter was dan het van bovenaf had geleken. De waterval naast de glijbaan schatte ze op zeker vier meter.

Ze keek toe hoe ook de anderen van de glijbaan kwamen, waarbij Lucas breed lachte en Saskia benauwd keek, en toen ze weer verzameld waren, vervolgden ze hun tocht. Tessa kreeg kramp in haar nek van het omhoogkijken naar de prachtige rotswanden en kramp in haar schouders van het peddelen op het water dat zeker in de stroomversnellingen behoorlijk onstuimig was. Ze draaide zich met een ruk om toen ze een kreet hoorde, gevolgd door een angstig: 'Mama!'

Ze was net op tijd om te zien hoe de kano van Koen en Lucas spectaculair op z'n kant ging door een aanvaring met een grote kei. Ze sprong uit hun eigen kano en legde die stevig vast door hem op een verhoging van drooggevallen stenen te trekken. Daarna waadde ze naar de kano van Koen en Lucas. Ook Saskia en Rolf waren gestopt, maar Koen had de omgeslagen kano inmiddels alweer rechtop gezet. Met één hand hield hij hem tegen, met de andere hield hij Lucas' hand stevig vast. 'Kom maar, schatje', zei Tessa en ze sloeg haar arm om haar zoon. Het water was hier niet zo diep, maar de stroming was sterk. 'Dat was schrikken, hè?'

Saskia was ook uit de kano gestapt en keek Lucas nu bezorgd aan. 'Gaat het wel?' Hij knikte. Ze boog zich naar hem toe tot haar gezicht vlak voor het zijne was. 'Weet je het zeker?'

'Ja', zei Lucas, nog steeds wat aangeslagen. Hij controleerde zijn arm, maar daarop was slechts een schrammetje te zien.

'Anders moet je het zeggen. Ik kan je helpen.' Ze legde haar hand op zijn schouder en keek hem zo doordringend aan dat Tessa wat ongemakkelijk begon te lachen. 'Nou, volgens mij is het vooral de schrik', zei ze. 'Kom schat, ga maar in de kano zitten, dan duw ik jullie door dit lastige stuk.'

Haar zoon klom in het bootje en met een flinke duw hielp Tessa hem en Koen door het gedeelte met de lage waterstand en vele stenen. Toen de kano weer door de stroming werd opgepikt, draaide Lucas zich om en grijnsde breed naar Tessa. Zij stak haar duim op en liep terug naar haar eigen kano. 'Kom op!' riep ze tegen

Justus. 'Dan gaan we ze inhalen! Alle hens aan dek!'

Al snel kwamen ze weer in een wat rustiger gedeelte en nadat ze vervolgens nog twee waterslides en een nieuwe stroomversnelling hadden getrotseerd, stopten ze op een stenenstrandje om de meegebrachte lunch op te eten. Daarna konden de jongens niet wachten om verder te gaan. Tessa begreep niet dat ze niet moe waren. Zelf voelde ze het peddelen inmiddels behoorlijk in haar armen en schouders.

'Nog een paar kilometer', zei Rolf, die zijn telefoon bestudeerde. 'Net voorbij de Pont d'Arc is het eindpunt.'

Ze stapten weer in en lieten zich meevoeren in de stroom van het water en de stroom van de kano's. Ze bereikten de Pont d'Arc, de natuurlijke brug waaraan het dorp z'n naam dankte en die op bijna iedere ansichtkaart uit het gebied te zien was. Net voor het majestueuze gesteente legde Tessa de kano stil en ze haalde haar telefoon uit de ton om een foto te maken. Zo ver mogelijk achteroverleunend probeerde ze zowel de brug als haar zoon erop te krijgen en nadat ze het resultaat goedkeurend had bekeken, stopte ze de telefoon terug. 'Prachtig, hè?' zei ze tegen Koen, die naast haar voer. 'Ongelooflijk dat dit gewoon door de natuur is gemaakt.'

'Hoe hoog is die brug?' vroeg Lucas, die er ook met open mond naar keek.

'Tien kilometer!' antwoordde zijn broertje, maar

Koen schudde grinnikend zijn hoofd. 'Bijna goed', zei hij. 'Hij is om precies te zijn vierenvijftig meter hoog en wel vijfhonderdduizend jaar oud.'

'Wow...' zeiden de jongens in koor. Ze bleven nog even stilliggen om de brug te bewonderen en peddelden daarna rustig verder voor het allerlaatste stukje van de tocht. Toen ze de kano richting het strandje stuurden waar het bord van het kanobedrijf stond, stapte Tessa in het ondiepe water. Het laatste stukje duwde ze het bootje vooruit, blij dat ze waterschoenen aanhad. Onder de rubberen zolen voelde ze de scherpe punten van de stenen in het water.

'Hèhè', zei ze toen de kano op het strandje lag en ze lachte naar Koen.

'Zeg dat wel', zei Saskia, die zich met rode wangen en zweetdruppels op het voorhoofd bij haar voegde. Er kwam een jongen naar hen toe die hun een flyer overhandigde. '*Les photos*', zei hij erbij en wees op de website. '*Ce soir.*'

'O, die moeten we even bewaren', zei Koen. 'Geef maar.'

Gelukkig duurde het niet lang voor de bus er was die hen terug naar de camping zou brengen. Want zo energiek als de jongens tijdens het kanoën waren geweest, zo hangerig en lichtgeraakt waren ze nu. Tessa probeerde ze met een overgebleven pakje chocoladekoekjes nog enigszins in bedwang te houden, maar tegen de tijd dat ze in de bus zaten, hadden ze slaande ruzie met elkaar en kon Justus alleen nog maar 'nee' zeggen. 'Kom maar, vent', zei Koen, die hem naast zich bij het raam zette en afleidde met een filmpje op de telefoon. Tessa keek hem dankbaar aan terwijl ze zelf Lucas onder haar hoede nam. Ze ging naast hem zitten, gaf hem ook een scherm ter afleiding en legde haar hoofd tegen de leuning. Haar lijf voelde moe, maar op een goede manier, van inspanning. Ze streek over Lucas' haar en sloot even haar ogen.

Tessa hield van de avond, als de tenten en caravans werden gesierd door de snoeren van lampjes die de kampeerders hadden opgehangen, en de geur van gebraden vlees over de camping dreef. De lucht was gevuld met geroezemoes, gelach en de vrolijke geluiden van kinderen die verstoppertje of tikkertje speelden. Lucas en Justus renden hier ook ergens rond. Zelf had ze net met Koen de afwas gedaan en nu zette hij een kopje thee voor haar neer. 'Dank je wel', zei ze en keek op van haar boek.

'Ik heb gewoon spierpijn', zei hij met een gekscherend gezicht. 'En ik ben helemaal rozig, jij niet?'

'Ja, heerlijk.' Ze blies in haar thee. Bij terugkomst op de camping had ze gedoucht om het zweet en rivierwater van zich af te spoelen. Het lauwe water – op dat tijdstip was een warme douche in het sanitairgebouw een utopie – had haar helemaal verkwikt. Nu zat ze met haar haar in een slordige knot en haar voeten onder zich op de stoel voor de caravan. Op tafel lag een half afgemaakt potje Catan, maar voor er een winnaar uit de bus was gekomen, waren de jongens al door hun campingvriendjes opgehaald.

'Hier', zei Koen en hij legde een wat verkreukeld papiertje op tafel. 'Dit kregen we bij aankomst, het is de website waarop de foto's te vinden zijn.'

'O ja, zal ik die eens even opzoeken?' Tessa trok de iPad naar zich toe. Het duurde even voordat die met de wat krakkemikkige campingwifi was verbonden en daarna laadde de website van het fotobedrijf ook uiterst traag. Ondertussen trommelde Tessa met haar vingers op de leuning van haar kampeerstoel. Thuis kon zoiets als langzaam internet haar behoorlijk irriteren, maar hier – in de zee van tijd die vakantie heette – wachtte ze geduldig tot de foto's stukje bij beetje in beeld kwamen. Het was een verzamelsite waar diverse kanobedrijven op stonden en ze klikte op de organisatie met het geelgroene logo waar zij hadden gehuurd. Het duurde weer een volle minuut voordat de volgende pagina op het scherm stond. Ze klikte op de juiste datum en afstand en verwachtte dat het weer eeuwen zou duren voor ze de foto's te zien zou krijgen, maar dat ging ineens verrassend snel. Tessa scrolde wat naar beneden. De site bestond uit honderden foto's die op drie punten tijdens de tocht waren gemaakt. Iedere kano die vandaag die punten was gepasseerd, was vastgelegd. Dat betekende dat het een flinke zoektocht zou worden om zichzelf terug te vinden tussen al die foto's die op elkaar leken.

'Hoe laat waren we ongeveer bij die eerste afdaling?' vroeg ze aan Koen. 'Elf uur?'

'Zoiets, ja.'

Ze scrolde omlaag. Op de kleine fotootjes op de overzichtspagina was het lastig om gezichten te zien, dus ze klikte een foto aan om die te vergroten. De foto was om tien voor elf gemaakt en toonde twee jonge jongens die breed naar de camera grijnsden. Ze tikte op het pijltje voor de volgende foto en de volgende, net zo lang tot ze haar eigen gezicht en dat van Justus in beeld kreeg. 'O, kijk nou', zei ze grinnikend. 'Ik heb het echt naar mijn zin, zoals je ziet.'

Koen boog naar haar toe en wierp een blik op het scherm. 'Toppen van je geluk, ja', zei hij eveneens lachend toen hij Tessa's ietwat benauwde gezicht en open mond zag. 'Justus heeft het wel geweldig naar zijn zin, zo te zien.'

Tessa keek glimlachend naar het stralende gezicht van haar zoon, met zijn blik recht op de camera gericht en zijn peddel hoog boven zijn hoofd. Ze klikte verder en een paar foto's later vond ze ook Koen en Lucas, gevolgd door de foto van Saskia en Rolf en die van Youri. Ze had gisteren telefoonnummers uitgewisseld met Saskia en appte haar nu de link naar de foto's van haar en haar gezin. Daarna zocht ze verder naar hun beeltenissen op het volgende fotopunt van de route, ongeveer anderhalf uur later in een fikse stroomversnelling.

'O, deze is leuk', zei ze verrukt toen ze Koen en Lucas vond. De foto toonde het tweetal in volle actie, maar toch keek Lucas precies in de camera. De opwinding was van zijn gezichtje af te lezen.

'Ik vind het wel leuk om er een paar te kopen', zei Koen. 'Een mooie herinnering.'

Tessa humde wat en bladerde eerst nog wat verder door de foto's. Die van Justus en haar in de stroomversnelling was een stuk beter dan de eerste foto en ook de foto's die in de buurt van de Pont d'Arc gemaakt waren, zag ze al in een lijstje aan de muur hangen. 'Oké, dan ga ik die kopen', zei ze.

'En die eerste ook', zei Koen plagend. 'Die is juist geweldig. En doet veel meer recht aan de werkelijkheid dan die stralende plaatjes.' Hij grinnikte. 'Ik denk dat ik hem op canvas laat printen. Leuk voor boven de bank.'

'Als je het maar laat', bromde Tessa. Ze klikte een paar keer op het pijltje om terug te gaan naar de eerste foto's. De website had opnieuw moeite met laden. Tessa nam een slokje van haar thee en keek toe hoe de plaatjes millimeter voor millimeter in beeld kwamen. De eerste waren om halftien gemaakt en tot het tijdstip van elf uur waren er tientallen foto's die geladen moesten worden. Ze nam nog een slok van haar thee.

Ineens was het alsof haar maag een vreemde sprong maakte. Er prikte iets in haar nek en de haartjes op haar armen gingen overeind staan, maar ze wist niet waarom. Ze knipperde een paar keer met het gevoel dat ze iets over het hoofd zag. Haar hart begon ondertussen te hameren. Het was een lichamelijke reactie op iets dat haar hersenen hadden geregistreerd, maar omdat ze niet wist wat het was, bleef ze zweven tussen het bonken van haar hart en de vrolijke kanofoto's op het scherm. Ze maakte haar blik los en speurde de omgeving af, maar meer dan een kind dat voorbijkwam op een stepje was er niet te zien. En toch wist ze zeker dat er iets niet klopte. Het prikken in haar nek werd erger.

Ze staarde weer naar het scherm. De foto's waren nu geladen. Koen was verdiept in zijn boek. Haar ademhaling ging trillend en ze voelde zich misselijk. En toen zag ze het.

Want daar, op een foto die minder dan twaalf uur geleden was gemaakt bij een afdaling in de Ardèche, stond haar overleden man.

Hoofdstuk 5

Het geluid van brekend glas, warme thee over haar voet, het gevoel dat ze door een allesverslindende golf werd meegenomen. Er klonk een kreet – van haarzelf, van Koen? Tessa wist het niet. Gierend zoog ze lucht naar binnen, maar haar keel leek te zijn dichtgeschroefd. De iPad viel. Haar hart hamerde niet meer, het explodeerde nu. Een scherpe pijn aan de binnenkant van haar ribbenkast benam haar de adem.

Iemand schudde haar heen en weer. 'Tes? Tessa?'

De stem klonk bezorgd, maar ze kon hem niet plaatsen. Haar hersenen bevonden zich in een draaikolk, haar organen in een vrije val. Ze hief haar gezicht maar haar ogen zagen niets, behalve langgerekte strepen, alsof de wereld zich achter slechte ruitenwissers bevond. ‘Het is...’ bracht ze moeizaam uit. ‘Dat was...’

‘Sst maar, rustig, rustig.’ Ze voelde armen om zich heen, warmte, rook een vertrouwde geur. ‘Kalm maar’, zei een stem sussend en langzaam, heel langzaam kwam de wereld weer een beetje tot stilstand. Het draaien stopte, haar hart geselde niet langer haar ribben. Ergens diep in haar hoofd begon een klein stemmetje tegenwicht te bieden aan de wervelende chaos.

Het kan niet. Het kán helemaal niet.

Stan kon niet op de foto staan.

‘Wat gebeurde er?’ vroeg Koen terwijl hij haar losliet en de glasscherven opraapte. Tessa gaf geen antwoord. Koen gooide de scherven in de vuilniszak die aan de binnenkant van de openstaande caravandeur hing en pakte een doekje om de thee mee op te dweilen. ‘Zo’, zei hij toen en raapte ook de iPad op, die aan de andere kant naast haar stoel lag. ‘Gaat het weer?’

‘Ja’, zei Tessa, maar haar stem klonk schor en het ging eigenlijk helemaal niet. De misselijkheid was nog niet verdwenen, de duizelingen ook niet.

‘Wat was er?’ Koen ging naast haar zitten en keek bezorgd. ‘Werd je niet lekker?’

‘Nee, ik...’ Ze haalde diep adem. ‘Ik dacht dat ik iets zag.’

‘Wat dan?’ Hij fronste. ‘Dat moet wel een spook zijn geweest als je er zo van geschrokken bent.’

'Ik...' Ze schraapte haar keel, reikte naar de iPad maar haar hand bleef weifelend in de lucht hangen. Koen knipperde een paar keer en pakte de iPad voor haar. Hij ontgrendelde het scherm.

'Wat zag je dan?' Hij staarde niet-begrijpend naar het scherm.

Tessa sloot even haar ogen, haalde diep adem en vermande zich. 'Geef maar', zei ze en ze pakte de tablet aan. Haar vinger trilde toen ze die over het scherm bewoog. Even was er nog de hoop dat ze het niet goed had gezien. Dat haar hersenen een truc met haar hadden uitgehaald, zoals toen het net gebeurd was en ze Stan meende te zien in winkels en op terrasjes. Ze wist niet meer precies wanneer dat was gestopt.

Maar het was geen truc.

De tweede keer bezorgde de foto haar een nieuwe schokgolf, maar niet zo heftig als de eerste. Haar hartslag nam weer toe, de draaikolk in haar hoofd begon maar nam ook snel weer af. Op twee foto's zoomde ze in. Toen draaide ze het scherm naar Koen.

'Huh...' Met grote ogen keek hij heen en weer tussen haar en de iPad. 'Is dat...'

Tessa sloot haar ogen, schudde haar hoofd. Keek hem toen weer aan. 'Maar het kan niet', zei ze.

'Nee. Geef eens?' Hij zoomde nog verder in, maar de lage resolutie van de foto maakte dat het beeld al snel in pixels uiteenviel. Er liep een watermerk doorheen dat het zicht nog verder belemmerde. 'Wacht', zei Koen en hij tikte wat dingen aan, pakte zijn creditcard en even later stond de foto groot op het scherm. 'Dit is beter.'

Nu bleef de foto wel scherp toen ze inzoomden. Tessa keek weg, moest een paar keer diep ademhalen voor ze haar blik erop richtte. Koen had hem al groot gemaakt, het gezicht vulde het hele beeld op de iPad. Er ontsnapte een geluid aan Tessa's keel dat een snik en een kreet tegelijk was. Het klopte, zelfs tot de moedervlek op zijn wang aan toe.

Maar het kon hem niet zijn. Natuurlijk kon het hem niet zijn.

'Bizar', zei Koen. 'Ze zeggen wel dat ieder mens een dubbelganger heeft, maar deze lijkt wel echt op Stan. Althans, van wat ik op foto's heb gezien.'

'Deze lijkt echt op Stan', herhaalde Tessa zijn woorden.

'Maar er zitten ook wat waterdruppels voor', zei Koen fronsend. 'Misschien komt het daardoor...'

Maar daar kwam het niet door. Want ook met die waterdruppels zag Tessa Stans blauwe ogen, zijn volle wenkbrauwen. Zijn donkerblonde haar, zijn rechte tanden, het was er allemaal. Ze sloeg haar blik neer en schudde haar hoofd. Het kon hem niet zijn. Ze had hem gezien, in het rouwcentrum. Ze had met haar vinger over die ijskoude wang gestreeld, de moedervlek aangeraakt. Ze had over dat donkerblonde haar geaaid, keurig in model gekneed met gel. Veel uit die bizarre dagen na zijn dood was vaag of liep door elkaar, maar dit moment stond op haar netvlies gebrand. Ze herinnerde zich de muziek die op de achtergrond speelde, de donkerrode kleur van de vier kaarsen die brandden rond de kist, het gedimde licht, zelfs de stemmen op de gang. Het was gebeurd, precies zoals ze het nu weer voor zich zag.

'Stan is dood', zei ze, eerst zacht en toen harder. 'Dit kan hem niet zijn.'

Koen knikte nadenkend, tuitte zijn lippen en knipperde een paar keer. Toen keek hij haar aan. 'Maar wie is het dan wel?'

Het was die vraag die Tessa de hele nacht wakker hield. Het kostte moeite de jongens klaar te maken voor bed zonder te laten merken dat ze met haar gedachten heel ergens anders was. Justus probeerde zoals gewoonlijk het tandenpoetsen te ontlopen en Tessa lette niet op. Gelukkig was Koen er om Justus met zijn tandenborstel terug te sturen naar de wastafel. Daarna hadden ze het sanitairgebouw verlaten en als verdoofd was Tessa achter Koen en de jongens aan naar de caravan gelopen. Ze hadden Lucas en Justus welterusten gezegd en de deur van de caravan gesloten, waarna Justus meteen in slaap was gevallen en Lucas nog vier keer naar buiten was gekomen. Uiteindelijk was het stil geworden en waren zij en Koen ook naar bed gegaan. En nu lag ze hier, in het zachte gezoem van de airconditioning, en was ze al honderd keer van haar ene op haar andere zij gedraaid. Ze had geprobeerd haar ogen gesloten te houden, maar elke keer kwam het beeld van de foto weer op, waarna het overging in dat van Stan in het rouwcentrum en het plaatje dat haar hersenen hadden gemaakt van hoe haar man daar bloedend op die parkeerplaats had gelegen, en dan opende ze snel haar ogen omdat het te gruwelijk was. Nu zat ze rechtop tegen het kussen met haar telefoon in haar hand en staarde nog maar weer eens naar die foto. Ze zoomde in tot pixelniveau en weer uit en dat herhaalde ze telkens weer. In haar hoofd had ze allerlei plannen gemaakt. Ze moest de familierechercheur van toen bellen, hem vragen wat te doen. Of nee, ze moest de gegevens van die onderzoeksleider nog ergens hebben. Hendrik nogwat. Met haar vingers tegen haar slapen dwong ze zichzelf om na te denken.

Hendrik Krijger. Dat had ze nog zo'n toepasselijke naam gevonden. Als ze hem de foto stuurde, dan moest hij toch wel onderzoek gaan doen? Een dode man – een vermoorde man – die na jaren opeens weer opdook, was toch op z'n minst de nieuwe ontwikkeling die nodig was om het onderzoek nieuw leven in te blazen?

Maar ze zag zichzelf al een mail sturen. *Ik heb mijn honderd procent zeker overleden echtgenoot gevonden op een nogal krakkemikkige fotowebsite van een kanobedrijf in Vallon-Pont-d'Arc.*

Ondanks het gegeven dat ze de foto zou meesturen, zou hij denken dat ze gek was geworden. Ze moest eerst zelf meer doen, aantonen dat de foto echt was. Of, zo zei een stem in haar hoofd, uitzoeken waarom die niet echt kon zijn.

Ze kroop uit bed, trok haar dunne badjas aan en verliet zo zacht mogelijk de caravan. Met een zachte klik duwde ze het deurtje achter zich dicht. Een snoer gele peertjes verlichtte de ruimte onder de luifel. Ze zette een paar stappen naar voren en keek naar boven, waar duizenden sterren wit en glanzend afstaken tegen de donkerblauwe hemel. De lucht was fris en vochtig. De camping was doodstil. Ergens ver weg klonk het geluid van een uil.

Ze ging op een van de kampeerstoelen zitten en met een tikje tegen het scherm kwam haar telefoon tot leven. 3.26 uur. Ze ontgrendelde het scherm en tikte de website van het fotobedrijf weer in. Ze zocht de gegevens van het bedrijf, maar vond geen adres. Dat lukte wel toen ze het via Google Maps probeerde. Een weggetje net buiten Vallon. Ze tikte Streetview aan en zag een huisje dat in dezelfde ivoorkleur was gepleisterd en dezelfde terra dakpannen had als zo'n beetje ieder ander dak hier in de omgeving. Geopend vanaf negen uur. Ze sloeg het adres op.

Het zoeken had haar geen rust gebracht. Ze had gehoopt dat de slaap zou terugkeren, maar haar gedachten bleven malen. Het liefst had ze de foto gestuurd naar iedereen die ze kende, haar verbijstering delen, appen en bellen over allerlei verklaringen. Maar ze had zich weten te bedwingen. Ze kon het haar en Stans familie niet aandoen zomaar deze foto te delen. Stans ouders die sinds de moord geen drie, maar dertig jaar ouder waren geworden. Haar eigen vader en moeder die Stan als een zoon in de familie hadden verwelkomd en zich na zijn dood zo'n zorgen om haar hadden gemaakt. En nog maakten. Ze moest eerst maar eens meer duidelijkheid hebben.

Ze had haar vriendinnen willen appen – Lisa en Wendy, die hadden laten zien dat hun belofte om dag en nacht klaar te staan geen loos geklets was. Maar Lisa en Wendy waren nu allebei ook met hun gezin op vakantie, de een in Italië, de ander aan de Costa Brava. Het zou fijn zijn om met hen te delen wat ze had gezien, maar ze moest eerst naar het fotobedrijf, op zoek naar die ene verklaring waar ze nu niet op kon komen, maar die er moest zijn.

Ze keek nog eens op haar telefoon. 3.32 uur. De minuten kropen voorbij. Ergens dichtbij klonk geritsel in een struik. Het klokje versprong. 3.33. Ze stond weer op om naar de sterren te kijken, liep zelfs even naar de rivier. In het maanlicht zag ze kringen waar insecten landden of vissen het wateroppervlak raakten. Het was stil nu, zonder het gebonk van peddels tegen harde kunststof kano's en het gespetter van spelende kinderen. Ze trok de badjas wat strakker en keek om zich heen. Plotseling voelde de stilte, die net nog sereen was geweest, ongemakkelijk. Het witte maanlicht verlichtte bewegingen op de oever en aan de overkant, maar was niet fel genoeg om te zien wat de aard van die bewegingen was. Bomen? Ze voelde zich onrustig. Ze draaide zich om en met haar rug naar de rivier liep ze met gejaagde passen terug naar de caravan. De felle lichtbundel van een zaklamp kwam haar tegemoet. Haar hartslag schoot omhoog.

'*Bonsoir*', zei een man met een zwart T-shirt en een petje op. Pas na twee keer knipperen herkende ze het logo op zijn shirt als het logo dat op het hokje van de beveiliging bij de ingang van de camping stond. De man keek haar onderzoekend aan. '*Ça va?*'

Ze knikte langzaam en moest moeite doen om haar stem te hervinden. Toen dat eindelijk was gelukt, klonk die krakend. '*Oui. Ça va.*'

Ze liep door en glipte de caravan weer in. Daar was niets veranderd. Ze aaide de jongens over hun haar en kroop naast een diep slapende Koen. Hij mompelde wat toen ze haar arm om zijn middel liet glijden. Ze sloot haar ogen en hoopte dat de slaap haar de duisternis in zou trekken, maar dat gebeurde niet.

Het klokje in het dashboard van de auto gaf 9.01 uur aan toen Tessa parkeerde voor het lage gebouwtje dat ze vijf uur geleden had opgezocht op Google Streetview. Het zag er precies zo uit als op het plaatje, behalve dat de zomerse warmte de heg geen goed had gedaan. Het meeste groen was lichtbruin verkleurd.

Ze liep naar de deur en hoorde een belletje toen ze

die opende. Binnen rook het naar computers en iets chemisch dat ze niet thuis kon brengen. Aan een bureau was een jonge jongen helemaal verdiept in iets op zijn scherm. Achter de balie zat een vrouw van haar eigen leeftijd die haar vragend aankeek. *'Bonjour?'*

Tessa probeerde in het Frans uit te leggen wat ze kwam doen, maar ze struikelde over de woorden. Daarom schakelde ze over op het Engels. Ze liet de foto zien. De vrouw keek met haar mee en zocht daarna in de computer. Ze knikte een paar keer. 'Ja', zei ze in het Engels. 'Die foto staat op onze site. Maar ik snap niet helemaal wat u bedoelt met dat deze man niet bestaat?'

Tessa probeerde het nogmaals uit te leggen, maar ze zag de vraagtekens in de ogen van de vrouw alleen maar groter worden, tot die overgingen in een blik vol ongemak. Heel even verplaatste Tessa zich in haar gesprekspartner en meteen moest ze tot de conclusie komen dat ze zelf net zo gereageerd zou hebben. Ze wist dat ze klonk als iemand die behoorlijk de weg kwijt was.

'Als u iets wilt weten over de mensen op de foto's, moet u bij het kanobedrijf zijn', zei de vrouw uiteindelijk met een spijtige blik. 'Aan de foto te zien is dat...'

'Ik weet welk kanobedrijf het is', onderbrak Tessa haar. De kano op de foto had dezelfde kleur en hetzelfde logo als de organisatie waar ze zelf hadden gehuurd.

'U moet bij hen zijn. Wij maken alleen de foto's, maar weten niet wie de mensen zijn die erop staan.'

'Oké.' Tessa knikte een paar keer. 'Ja. Dank u wel.'

Ze voelde de blik van de vrouw in haar rug branden toen ze naar de deur liep. De jongen had er al die tijd geen blijk van gegeven dat hij het gesprek had gevolgd.

Ze stapte weer in haar auto en zocht het adres van de kanoverhuur op. Het bleek gevestigd aan een drukke weg waar zo'n beetje alle kanobedrijven waarvan ze de afgelopen dagen ergens een logo had gezien, naast elkaar waren gevestigd. In het geweld aan logo's, namen en kleuren probeerde iedere organisatie met een schreeuwerig bord langs de weg de aandacht van toeristen te trekken door precies dezelfde kanotochten aan te bieden.

Ze parkeerde bij het bedrijf en liep naar binnen, waar het een drukte van belang was. Medewerkers liepen rond en riepen van alles naar elkaar. Iemand kwam voorbij met peddels onder z'n arm, een ander probeerde vier waterdichte tonnen tegelijk mee te nemen. Een stapel zwemvesten viel bijna om toen Tessa erlangs liep. '*Bonjour madame*', zei een man die naar haar toe kwam. '*Puis-je vous aider?*'

Tessa knikte en deze keer begon ze meteen in het Engels. Ze zei dat ze een vraag had over een kanoër van gisteren en de man nam haar mee naar de balie. 'Ik heb een ring gevonden', zei Tessa. In de auto had ze zich voorbereid. Ze moest niet met het echte verhaal of een iets minder specifieke variant daarvan komen. Dan zou ze opnieuw een blik ontmoeten waaruit bleek dat de ander zich afvroeg of ze haar verstand had verloren. Daarom had ze een foto van een duur uitziende ring opgezocht, die ze nu aan de kanomedewerker liet zien. 'Dit is hem.' Ze scrolde naar de foto van Stan. 'Eerder zat ik naast hem op een strandje en zag ik zijn ring. Bij het eindpunt vond ik die en dus weet ik dat hij van hem is.'

Ze wist niet zeker of de man van het kanobedrijf haar geloofde. Aan zijn blik te oordelen had hij moeite haar verhaal op waarde te schatten. 'Tja, ik weet niet...'

'Hij voer vlak voor ons', zei Tessa. 'Als hij ook vlak voor ons is gestart, zou zijn naam in de buurt van die van ons moeten staan. Ik herinner me dat iemand in zijn buurt hem Stan noemde.'

Vanuit haar nek verspreidde zich een hete stroom. Ze hoopte dat de blos haar geen vuurrode wangen zou bezorgen. De man van het bedrijf keek een paar keer heen en weer tussen haar en een stapeltje klemborden op zijn bureau. Uiteindelijk pakte hij er eentje uit en haalde het papier los. Tessa hield haar adem in.

'Even kijken', zei de man, meer tegen zichzelf dan tegen haar. Op het blaadje was een hele rij namen te zien. Tessa boog zich wat voorover om op z'n kop te kunnen meelezen. Van Asten, De Bruijn – razendsnel schoot haar blik over de achternamen. Ze zag wat Franse namen en Lucas en Justus, maar geen andere Rietman. De man keek weer op. 'Ik zie geen Stan op deze lijst staan. Waarom laat u hem niet hier achter en als de eigenaar zich meldt, geven wij hem terug?'

'O ja', zei Tessa, knikkend. 'Dat is een goed idee. Ik heb hem alleen op de camping gelaten.'

'Breng hem maar even', zei de man. 'En dan zorgen wij dat het goed komt.'

Tessa knikte een paar keer en slikte, maar haar mond was droog. 'Oké, ja', zei ze. 'Dat doe ik. Bedankt.'

'Tot straks', zei de medewerker en hij glimlachte. Tessa deed haar best om terug te lachen. 'Tot eh... straks, ja.'

Ze liep snel weg, naar buiten, de ochtendzon in. Vlug stapte ze in haar auto. Er stond geen Stan Rietman op de lijst van gisteren. Ze startte de motor en rilde toen de airco haar verhitte huid koelde. Het kon twee dingen betekenen: hij had een andere naam gebruikt of er klopte iets niet aan die foto.

Met het gevoel dat de wereld om haar heen draaide, reed ze terug naar de camping. Pas toen ze voor de slagboom stond, dacht ze eraan dat ze had beloofd croissants mee te nemen uit het dorp. Ze reed door, parkeerde en liep naar het campingwinkeltje, waar gelukkig nog net vier croissantjes in het mandje lagen. Even later kwam ze met de papieren zak aan bij de caravan. Lucas en Justus zaten met hun pyjama's aan en hun Nintendo's in hun hand onder de luifel. 'Hoi mam', zei Justus zonder op te kijken. 'Ik heb honger.'

'Dat komt goed uit.' Tessa zette de zak op tafel. 'Hier zijn de croissants. Waar is Koen?'

Alsof hij haar had gehoord, kwam haar vriend net fris gedoucht aangelopen. 'Hé', zei hij en keek haar vragend aan. Hij wierp een blik op de jongens en draaide zich wat van hen af. 'Ben je wijzer geworden?'

Ze schudde haar hoofd. 'Niet echt. Bij het fotobedrijf hebben ze geen namen en bij de kanoverhuur stond hij niet op de lijst.'

'Heb je die lijst gezien dan?' Koen keek verwonderd. 'Ik had gedacht dat ze in het kader van de privacy die niet zouden tonen.'

'Ik moest er een smoes voor bedenken', zei Tessa. 'Ik heb gezegd dat ik een ring heb gevonden van ene Stan, maar die naam kwam op de lijst niet voor. En de enige Rietmannen die ik zag, waren Lucas en Justus.'

'Hm.' Koen trok met zijn mond. 'Hij kan een andere naam hebben gebruikt, maar eerlijk gezegd denk ik dat de enige verklaring een bizarre gelijkenis is.'

Tessa haalde diep adem en keek toe hoe Lucas een croissant pakte en die in zijn mond stopte terwijl een regen van kruimels over zijn benen neerdaalde. 'Ja', zei ze tegen Koen, terwijl haar gevoel een heel andere kant op ging. 'Dat moet het zijn.'

Koen maakte koffie en pakte aardbeienjam, Tessa ging aan tafel zitten. De jongens legden hun spelcomputers aan de kant en ze kletsten over wat ze vandaag wilden doen, maar Tessa was er met haar gedachten niet bij. Een paar keer humde ze zonder te weten waar ze precies ja op zei, maar aangezien Lucas en Justus juichten, had ze blijkbaar iets toegezegd. Koen keek haar onderzoekend aan. 'Gaat het?'

'Ja, jawel', zei ze en ze dwong zichzelf te glimlachen. Misschien moest ze toch die Hendrik Krijger inschakelen. Op z'n minst was de foto de moeite van het onderzoeken waard en misschien kon de politie over informatie beschikken die zij nooit zou krijgen. 'Wij gaan zwemmen', kondigden Lucas en Justus aan.

'Wacht even op mij', zei Tessa. Ze vond Justus te klein om zonder toezicht naar de rivier of het zwembad te gaan. 'Ik ga zo met jullie mee.'

'Laat mij maar.' Koen stond op. 'Probeer jij anders nog wat te slapen of ga even in de zon zitten. Een beetje rust kun je na zo'n doorwaakte nacht wel gebruiken.'

Tessa keek hem dankbaar aan. Zo vast had hij dus toch niet geslapen.

Koen maande de jongens om hun spullen te pakken en daarna liep hij achter ze aan terwijl zij op hun stepjes ervandoor gingen. Tessa maakte de ontbijtboel aan kant. Daarna ging ze in bed liggen met de caravandeur dicht. Ondanks de airconditioning om de warmte te verdrijven en de rustige plek die ze hadden, kon ze de slaap niet meer vatten. Ze pakte haar telefoon en bekeek de foto nog maar eens opnieuw.

Er klopte helemaal niets van. Het kon Stan niet zijn en het kon Stan niet níét zijn.

Ze zocht in haar telefoon en vond het mailadres van Hendrik Krijger. Drie keer opnieuw begon ze aan een bericht, tot ze uiteindelijk kort en bondig naar hem mailde hoe ze aan de foto kwam. En of hij licht kon werpen op het mysterie. Ze moest in haar telefoon bij de datum kijken om te weten te komen welke dag het was – zoals zo vaak op vakantie was ze alle gevoel voor de normale weekdagen kwijt.

Dinsdag, zag ze. Als hij niet op vakantie was, zou hij aan het werk moeten zijn. Ze ververste haar mail een paar keer. Er kwam geen afwezigheidsbericht. Toen legde ze haar telefoon weg en probeerde opnieuw te slapen, maar haar brein was klaarwakker. Uiteindelijk ging ze uit bed en trok haar hardloopkleren aan. Sporten had haar altijd geholpen om haar gedachten te ordenen. En ook al was de zon nu een flink eind geklommen, ze had nooit veel last van sporten in de warmte.

Tessa vulde een bidon met water uit de koelkast, bond haar haar in een staart en stuurde Koen een berichtje dat ze over een uur terug zou zijn. Ze deed haar airpods in en rende de camping af via een wandelpad dat langs de rivier voerde. Het kostte wat moeite om in haar ritme te komen op de ongelijke ondergrond, maar uiteindelijk kwamen de beat van muziek en haar voetstappen op één lijn en vond ze de juiste ademhaling. Wat ze had gehoopt, gebeurde ook. Haar warrige gedachten verdwenen langzaam uit haar hoofd, al maakten ze geen plaats voor dat ene briljante idee waarop ze had gehoopt: het antwoord op die vraag die maar door haar brein bleef knallen.

De muziek werd onderbroken door het geluid van haar ringtone. Tessa zag een Nederlands nummer dat ze niet kende. Ze verlaagde haar tempo en nam op, hijgend door de inspanning.

'Hendrik Krijger, recherche', zei een mannenstem aan de andere kant van de lijn. 'Ik neem even contact op over de mail die je stuurde.'

Tessa stond meteen stil. De stem zoog haar terug in de tijd. 'Fijn dat u zo snel belt', zei ze stamelend terwijl ze probeerde haar ademhaling onder controle te krijgen. 'Sinds ik die foto heb gezien, kan ik hem maar niet uit mijn gedachten zetten.'

'Dat begrijp ik', zei de rechercheur. 'Er is geen twijfel dat uw man is overleden, maar de gelijkenis is treffend.'

'Ik vertel mezelf de hele tijd dat het Stan niet kan zijn,' zei Tessa, 'maar tegelijkertijd kan ik ook niet geloven dat het hem niet is. Hij heeft geen tweelingbroer en niemand kan zóveel op een ander lijken.'

'Wij vinden het ook opvallend', zei de rechercheur. 'Ik heb mijn collega's van de technische recherche gevraagd om deze foto in onderzoek te nemen. Ik moet er wel bij zeggen dat het momenteel erg druk is en de afdeling is onderbezet in verband met de vakanties, dus het zal even duren voor ze ernaar kijken.'

'Dat begrijp ik', zei Tessa. Een drie jaar oude zaak waarbij het slachtoffer was geïdentificeerd als Stan Rietman kon niet bovenaan de lijst van de politie worden geplaatst. ‘Ik vind het al heel fijn dat jullie ermee aan de slag gaan.’

‘Ik bel je als ik meer weet’, beloofde de rechercheur. Daarna werd de verbinding verbroken. Tessa begon weer te rennen, muziek in haar oren en haar voeten roffelend op de zachte ondergrond, net zo lang tot de foto naar de achtergrond van haar gedachten was verdwenen.

Hoofdstuk 6

HET HARDLOPEN HAD HAAR ENERGIE GEGEVEN. TESSA wist dat er mensen waren die van ellende begonnen te kreunen als ze zulke dingen hardop zei, maar voor haar werkte het nu eenmaal goed om mentale vermoeidheid te verdrijven met fysieke. Haar benen voelden zwaar van de inspanning en de huid van haar wangen bleef, ondanks de verfrissende douche, nagloeien. Ze had na het douchen een luchtig jurkje aangetrokken en schopte nu haar teenslippers uit toen ze op een van de kampeerstoelen ging zitten.

Ze wilde de foto alweer openen op haar telefoon, maar dwong zichzelf om het toestel aan de kant te leggen. Het had geen zin om te blijven kijken, inzoomen, vragen te formuleren waarop ze nu toch geen antwoord zou krijgen. Ze kwam overeind. Ze kon zichzelf beter nuttig maken dan eindeloos in de kringetjes van haar gedachten te blijven hangen, dus ging ze de caravan binnen, verzamelde alle vieze was en even later liep ze met twee volle shoppers in de richting van de wasmachines. Daar was het doorgaans erg druk, maar ze had geluk. Er kwam net een machine vrij en zodra ze die had gevuld, was er zelfs een tweede beschikbaar.

'Hé', hoorde ze een stem achter zich. 'Ook aan het wassen?'

Tessa moest wat moeite doen om een opmerking binnen te houden. Er waren weinig andere redenen om je in een gebouwtje met tien wasmachines en vijf drogers te bevinden. 'Ja', zei ze echter en ze draaide zich om naar Saskia. 'En jij ook, zo te zien.'

'Ja, vakantie of niet, de was gaat altijd door. Heb je een machine nodig? De mijne is klaar.'

'Nee, ik ben voorzien', zei Tessa. 'Dank je wel.'

Saskia opende het deurtje van een van de wasmachines en begon er de kleurige knoedel kleding uit te trekken. Haar bewegingen waren wat moeizaam. 'Ik heb echt spierpijn van gisteren', zei ze. 'Dat kanoën heeft spieren in beweging gebracht waarvan ik niet eens wist dat een mens ze had. Heb jij daar geen last van?'

‘Valt mee’, zei Tessa. ‘Dat is het voordeel van veertig weken per jaar bokspringen, touwzwaaien en softballen.’

‘O ja, dat vergeet ik steeds’, zei Saskia terwijl ze de natte kleding over drie tassen verdeelde. ‘Jij sport natuurlijk elke dag. Het zal wel afkicken zijn hier.’

‘Daarom ben ik vanochtend maar gaan hardlopen’, zei Tessa met een lachje. ‘Je moet toch wat.’

Ze deed er luchtig over, maar vertelde niet de ware reden waarom ze het hardlooprondje zo nodig had gehad. Misschien was dat vreemd, want zou het niet logisch zijn om de foto van Stan met Saskia te delen en te vragen of zij hem misschien gisteren ergens had gezien? Toch was er iets dat haar tegenhield. Ze kende Saskia niet goed, en ze had haar beste vriendinnen er niet eens over verteld. Wat als Saskia er iets over op social media zou posten. Ze hoefde haar niet eens echt te kennen om te weten dat ze een behoorlijk actieve instagrammer was.

‘Jij liever dan ik’, zei Saskia met een lachje, zich niet bewust van Tessa’s gedachten. ‘Nog plannen voor vandaag?’

Tessa schudde haar hoofd. ‘Nee, niet echt. Beetje lezen. De jongens willen alleen maar zwemmen en spelen.’

‘Zijn ze nu bij de rivier?’

‘Nee, in het zwembad. Ik liep er net langs en het animatieteam heeft de opblaasbare stormbaan weer neergelegd. Misschien vindt Youri dat ook wel leuk.'

'Hij lijkt vandaag wel vastgeplakt te zitten aan zijn Nintendo', zei Saskia terwijl ze met haar ogen rolde. 'Als je ze zo'n ding eenmaal geeft...'

'Dan gaan ze maar door, ja', knikte Tessa.

'Ik ga hem zo wel even afpakken, maar eerst de was ophangen.' Ze nam afscheid en liep weg met een volle tas. Tessa zette de tweede machine aan en zette koers naar haar eigen caravan. Daar was van Koen en de jongens nog geen spoor te bekennen. Ze installeerde zich met een boek in de zon, al kostte het haar moeite zich te concentreren. Telkens gleed haar blik naar de Ardèche waar, zoals elke dag, een gestage stroom kanoërs voorbijtrok. Er klonk gebonk van peddels die de bootjes raakten, opgewonden gepraat en gelach als de kano's een heel andere kant op gingen dan de schippers voor ogen hadden. Dichter bij de kant speelden kinderen en een hond met watervrees blafte vanaf een hogergelegen rotsblok naar zijn kabbelende vijand. Tessa sloeg een bladzijde om, al had ze eigenlijk geen idee wat ze had gelezen.

'Mama!' Het vrolijke stemmetje van Justus deed haar het boek opzijleggen. In een natte zwembroek en met zijn haartjes tegen zijn hoofd geplakt dook haar zoon voor haar op. 'Er was een parcours', vertelde hij enthousiast. 'En ik heb gewonnen van Koen.'

'Maar net', bromde zijn stiefvader goedmoedig. 'Fotofinish.'

'Toch heb ik gewonnen.' Justus wilde zich op een van de stoelen laten vallen, maar Tessa kon hem net op tijd tegenhouden. 'Even een handdoek onder die natte zwembroek', zei ze streng. 'Wacht, ik pak hem voor je.'

Ze legde handdoeken op alle stoelen. 'Ik ben moe', zei Lucas en hij plofte ook neer. 'En ik heb honger.'

'Zal ik een broodje maken?' stelde Tessa voor en haar zoons knikten allebei. 'Jij ook?' vroeg ze aan Koen.

'Nee, dank je', zei hij. Hij keek haar aan. 'Gaat het? Voel je je wat beter?'

'Wat is er dan, mama?'

Tessa keek vluchtig naar haar oudste zoon. Hem ontging ook niets. 'Niets schat, alleen een beetje moe', zei ze zo luchtig mogelijk en ze wenkte Koen met haar hoofd naar de caravan.

'Ik heb de foto doorgestuurd naar rechercheur Krijger', zei ze toen ze samen in de caravan stonden. Koen sloot de deur achter zich. 'Hij heeft beloofd ermee aan de slag te gaan.'

'Maar gelooft hij...' Koen maakte zijn zin niet af. Tessa schudde haar hoofd. 'Ik weet niet goed wat hij denkt. Maar hij weet, net als ik, dat het lichaam van destijds echt het lichaam van Stan was.'

Koen knikte en zweeg. De trek om zijn mond had iets zorgelijks.

'De technische recherche zal naar die foto kijken', ging Tessa door. 'Maar daar gaat wat tijd overheen.' Ze kneep haar ogen wat samen en keek naar haar vriend. 'Wat?' vroeg ze. 'Wat denk je?'

'Nee...' Hij tuitte zijn lippen en schudde uiteindelijk zijn hoofd. 'Nee, niks. Het is gewoon zo vreemd allemaal. Ik heb er daarstraks bij het zwembad nog lang over nagedacht, maar ik kan niet één logische verklaring bedenken.'

Ook Tessa schudde met haar hoofd. 'Ik ook niet. Ik hoop maar dat de politie er iets zinnigs over kan zeggen.'

Er viel een stilte tussen hen waarin Koen op het bed ging zitten en zijn telefoon pakte. Tessa had het gevoel alsof er een steen op haar borst drukte. Ze veranderde van onderwerp. 'Zullen we zo naar het rivierstrandje gaan?'

Koen keek op. 'Ik wilde eigenlijk even boodschappen gaan doen en vanavond iets lekkers maken.' Hij glimlachte naar haar. 'Je gedachten verzetten met iets lekkers. Of heb je andere plannen?'

'Nee hoor, helemaal niet', zei Tessa. 'Lief van je.'

'Ik ga de boodschappentassen pakken.' Koen stond op en begon in een van de kastjes te rommelen. Tessa liep naar buiten en even later kwam Koen weer tevoorschijn. Hij gaf haar een kus, stapte in de auto en reed langzaam weg.

'Mam', zei Justus wat zeurderig. 'Ik heb echt honger.'

'Ja, ik ga aan de slag.' Tessa maakte lunch en daarna

was het humeur van de jongens alweer een heel stuk opgeklaard. 'Wat gaan we doen?' informeerden ze in koor. 'Kanoën?'

'Het is niet elke dag feest', grinnikte Tessa. 'Op de camping is ook genoeg te doen. Waarom gaan jullie niet jeu-de-boulen? Of badmintonnen?'

'Mogen we naar de speeltuin?'

'Ook goed.' Tessa knikte. 'Als jullie alvast gaan, dan loop ik even naar de wasmachine om de was eruit te halen en op te hangen. Daarna kom ik bij jullie kijken, oké?'

'Oké!' riep Lucas en hij sprong op. 'Ga je mee, Justus?'

Zijn broertje knikte en kwam ook overeind. 'Tot zo, mam.'

'Tot zo, schat. Niet te hoog klimmen, hè?'

Justus beloofde het, maar voor de zekerheid keek Tessa naar Lucas. 'Let jij een beetje op hem? Ik kom er echt zo aan.'

Haar zoon knikte, hoewel hij zelf ook geen meester was in gevaar inschatten. De jongens pakten hun stepjes en maakten zoveel vaart dat Tessa's hart al omhoogsprong toen ze het bochtje om gingen. Het was maar goed dat ze allebei een uitstekend gevoel voor evenwicht hadden.

Ze pakte de lege shoppers en liep snel naar het gebouwtje met de wasmachines. Een man en een vrouw stonden te wachten. Toen Tessa beide wasmachines opende, voelde ze hun afkeurende blik in haar rug omdat ze niet naast de machine had gestaan toen het programma was afgelopen. De campingmores waren op dat gebied streng. Als ze nog wat later was geweest, had ze haar wasgoed waarschijnlijk als natte stapel boven op de machine gevonden.

Ze vulde de tassen en liep terug naar de caravan. Koen had een waslijntje gespannen tussen de bomen dat maar net groot genoeg was om alles aan te hangen. Toen ze klaar was, keek ze naar haar werk. Het was toch wonderlijk hoe een lijn vol wasgoed het idee kon geven dat je hele leven op orde was.

Meteen werd ze gecorrigeerd door een stem in haar die het tegendeel beweerde, maar ze negeerde hem. Voor nu.

Ze sloot de caravan af en net toen ze met twee flesjes water in haar hand naar de speeltuin wilde lopen, zag ze een stepje met grote snelheid de bocht om komen.

'Mama!' riep Lucas, buiten adem en in tranen. 'Mama, kom snel!'

'Wat is er?' vroeg Tessa gealarmeerd en ze rende op haar zoon af. Het klimrek, schoot het door haar heen. Een metershoge val. In gedachten zag ze Justus al zwaargewond liggen. Ze had ook niet...

'Justus', huilde Lucas nu. 'Justus is... hij is...' Tranen en snot vulden zijn gezicht en hij schokte zo dat hij geen woord kon uitbrengen.

'Wat?' vroeg Tessa en ze sloeg haar armen om Lucas heen. Vanaf andere caravans en tenten voelde ze blikken op zich gericht. 'Rustig maar, lieverd, kom, haal even diep adem. Wat is er met Justus? Is hij gevallen?'

'Nee, hij is...' Lucas' lichaam leek te bevriezen toen hij de woorden uitsprak. 'Hij is weg!'

Ruzie, was het eerste wat in Tessa opkwam. Als de jongens het echt heel bont maakten samen, had Justus de neiging om de benen te nemen en zich woedend in zijn eigen kamer op te sluiten of ergens tegen een boom te gaan schoppen. 'Was hij boos?' vroeg ze dan ook automatisch. 'Wat was er aan de hand?'

'Nee!' Op Lucas' gezicht was een explosie van emoties te zien. 'Hij is meegenomen, mama. Er was ineens een man en die stond naast het klimrek en trok hem naar beneden en toen was er nog iemand en die trok aan mijn been, maar ik ging heel hard schoppen en...'

Het water viel op de grond, maar Tessa merkte het niet. Halverwege het relaas van Lucas begon ze te rennen, harder, steeds harder. Ze ontweek een moeder met een bolderkar, schreeuwde naar een campingmedewerker op een golfkarretje. De man begreep haar niet en stak vrolijk zijn hand op, maar Tessa dwong hem te stoppen en stapte op het karretje. Ze trok Lucas naast zich. 'Speeltuin!' riep ze half schreeuwend, half huilend van paniek. 'De eh... *jouer! Récréation*!' Er wilde geen ander woord in haar opkomen, maar gelukkig leek de medewerker het te begrijpen. '*Mon fils est... est...*'

De man trapte het pedaal van het karretje helemaal in. Hij stuurde behendig om bosjes en achtergelaten stepjes heen. Tessa belde naar Koen, maar die nam niet op. Ze probeerde het nog een keer en toen nog een keer.

De speeltuin was naast de receptie, links van de slagboom. Zodra het karretje tot stilstand kwam, sprong Tessa eraf en rende de laatste meters naar het hek. Ze rukte eraan, kreeg het niet open en sprong er toen maar overheen. Ze rende de speeltuin in, maar wat ze al had gezien zodra ze het klimrek en de schommels in het oog kreeg, veranderde niet: er was hier niemand.

'Justus!' schreeuwde ze zo hard als ze kon. 'Justus!'

'Hij is er niet, mama', huilde Lucas. 'Een man heeft hem meegenomen. Iemand anders trok hier, kijk, zo aan mijn been. Die man had Justus vast. En toen ging Justus helemaal huilen en gillen, maar die man had hem al en rende met hem weg. Ik ben naar boven geklommen en die andere ging achter mij aan, maar toen gingen ze weg met Justus.'

Op dat moment vloog de deur van de receptie open en rende een blonde vrouw met krullen naar buiten, gevolgd door een oudere dame in een blouse met het logo van de camping erop. 'Ben jij de moeder?' riep de vrouw. 'Dat jochie... Hij werd...'

Tessa had het gevoel dat de paniek als een riem om haar nek werd getrokken. Wanhopig hapte ze naar lucht, maar die kwam niet. 'De politie is al gebeld!' riep de vrouw nu. 'Dat jongetje werd zo in een busje geduwd en...' Ze sloeg haar hand voor haar mond en schudde haar hoofd alsof ze haar eigen woorden niet kon geloven. 'Ze reden met hem weg.'

Tessa deed haar mond open maar er waren zoveel vragen die om voorrang streden dat het haar niet lukte er ook maar één te formuleren. 'Zo ging het, mama!' riep Lucas naast haar, duidelijk opgelucht dat hij niet de enige was die het had gezien. 'Ze namen hem mee en er was een busje, hier, daar, bij de slagboom.'

Tessa keek naar de plek die hij aanwees. Vlak voor de slagboom was een parkeerplaats voor arriverende gasten, niet ver van de plek waar een beveiliger hoorde te zitten. Die stond nu te praten met de receptioniste. Tessa greep hem bij zijn arm en vuurde in het Nederlands allemaal vragen op hem af.

'Hij was zijn ronde over de camping aan het doen', zei de blonde vrouw. 'Hij zat niet op zijn plek.' Aan haar hand had ze een eveneens blonde peuter die geschrokken heen en weer keek tussen de volwassenen. 'Er was niemand in de speeltuin behalve jouw zoontjes, ik kwam net aanlopen. Ik denk dat die twee weg zijn gegaan toen ze mij zagen.'

Tessa sloot even haar ogen, maar de opkomende duizelingen lieten zich niet verjagen. Het geluid van haar telefoon klonk als een alarm. 'Justus is weg', riep ze huilend tegen Koen. 'Hij is... hij is... meegenomen.'

'Meegenomen?' Aan Koens stem was duidelijk te horen dat hij dacht het niet goed te hebben verstaan. 'Hoe bedoel je? Door wie?'

‘Ik weet het niet’, bracht Tessa uit. ‘Er was een man en een busje en ze hebben geprobeerd Lucas ook te pakken.’

Aan de andere kant van de lijn klonk de stem van Koen, maar woorden waren er niet uit op te maken. ‘Ik kom er nu aan’, zei hij uiteindelijk alleen maar. ‘Bel de politie.’

De verbinding werd verbroken. In de verte klonk het geluid van een sirene. ‘Kom even mee naar binnen’, zei de vrouw van de receptie. Ze pakte haar arm en leidde haar naar de receptieruimte, de blonde vrouw volgde. Achter hen ging de deur op slot. Tessa liet zich bevend op een bureaustoel neerzetten en trok Lucas bij zich op schoot. De blonde vrouw stond voor het raam, de beveiliger bleef ook staan en de receptioniste begon te redderen met een fles water en een paar glazen. ‘Het was een wit busje’, zei de blondine. ‘Een Renault, een beetje een oud model. Ik heb gezien dat er een nul en een zeven op het nummerbord stonden, volgens mij is dat het getal van deze regio.’

Het geluid van de sirenes kwam dichterbij. De beveiliger keek naar buiten en opende daarna de deur. Tessa zag hoe twee politieauto’s vlak voor de slagboom parkeerden. Nog geen halve minuut later vulden vier agenten met hun aanwezigheid bijna de hele receptieruimte.

‘Een Renault!’ riep de blonde vrouw en ze ging verder in het Engels. ‘Jullie moet een Renault-busje zoeken.’

Een van de agenten pakte zijn portofoon en nam de

vrouw mee naar buiten. De beveiliger ging nu achter de computer zitten. 'We hebben camera's', zei hij in het Frans.

'Wat is er gebeurd?' vroeg de oudste van de vier agenten aan de dame van de camping. Ze antwoordde in het Frans, maar het ging zo snel dat Tessa het niet kon volgen. Het duurde lang, veel te lang. Ze zette Lucas op de grond en sprong overeind.

'Zoek hem!' riep ze in het Engels. 'Ze hebben mijn zoon meegenomen!'

De man antwoordde haar eveneens in het Engels, al was het met een Frans accent. 'We gaan uw zoon zoeken, mevrouw', zei hij. 'Maar we moeten weten wat er is gebeurd.'

'Hij was met zijn broer in de speeltuin en toen heeft een man hem meegenomen.' Terwijl ze de woorden uitsprak, voelde Tessa hoe die tegelijkertijd onder haar huid kropen. Het was alsof ze niet uitsprak wat haar eigen kind was overkomen, maar alsof ze de agent vertelde wat de allerergste nachtmerrie van een ouder was.

De agent had een opschrijfboekje en een pen gepakt en gebaarde naar de bureaustoel. 'Laten we gaan zitten', zei hij. Het was in gelijke mate geruststellend en gekmakend dat hij zo kalm bleef. Twee van zijn collega's liepen naar buiten met de blonde vrouw. Tessa zag hoe ze bij het hek van de speeltuin bleven staan, de vrouw ondersteunde haar woorden met wilde handgebaren.

‘Allereerst is het belangrijk dat we een foto verspreiden’, zei de agent. Tessa pakte haar telefoon en hoefde niet lang te zoeken. De man gaf haar een mailadres en ze stuurde de foto plus Justus’ volledige naam en geboortedatum. Daarna keek ze de agent smekend aan. ‘Ga hem alstublieft zoeken. Hoe langer het duurt, hoe verder...’

De portofoon kraakte. Tessa zweeg, de agent luisterde. ‘De melding over het busje is naar de meldkamer gegaan’, zei hij daarna. ‘Alle politieauto’s worden nu opgeroepen om ernaar uit te kijken. Ondertussen is het belangrijk dat we precies weten wat hier is gebeurd.’ Hij klikte zijn pen aan. ‘Uw zoon was in de speeltuin, zei u?’

‘Ja, hij was in de speeltuin. Ik heb ze alleen laten gaan en...’ Nadenken, nu. De feiten opsommen. Ze legde haar hand op haar bonkende hart en met het gevoel dat haar adem werd afgesneden, praatte ze verder. ‘Na ongeveer een halfuur kwam Lucas in paniek terug en zei dat zijn broertje was meegenomen.’

De agent keek naar het jongetje, dat nu met rode wangen tegen Tessa leunde. Ze voelde hoe hij over zijn hele lichaam trilde. ‘Kan hij vertellen wat hij heeft gezien?’ vroeg de agent.

Tessa vertaalde het voor Lucas. ‘We waren aan het spelen’, zei haar zoontje en naast zijn lichaam trilde ook zijn stem. ‘En toen was er ineens een man met een muts op, zo eentje die over je gezicht gaat, en die pakte Justus van het klimrek.’

'Zei hij iets?' vroeg de agent. 'Bijvoorbeeld de naam van je broertje?'

Lucas dacht na en schudde toen zijn hoofd. 'Hij zei niets. Hij kwam op ons af en greep Justus. Er was nog iemand en die probeerde mij te pakken, maar ik klom omhoog en toen gingen ze weg. Ik denk dat dat ook een man was maar ik kon het niet zien en diegene zei niets.'

De agent keek met een blik vol medelijden naar het jongetje. 'Wat zul je geschrokken zijn.'

Toen Tessa die woorden vertaalde, was het alsof er iets brak op het gezicht van het jongetje. Zijn lip trilde en over zijn wang gleed een traan naar beneden. Tessa trok hem zo dicht tegen zich aan dat ze hem bijna smoorde, maar wat ze ook deed, zijn angst kon ze niet wegnemen.

'Denk je...' De agent keek Lucas aan en even kwam de gedachte bij Tessa op dat hij vast een lieve opa moest zijn. 'Als je gewoon al je ideeën mag roepen, zou er dan iemand zijn van wie je denkt: hé, misschien zijn dat die mensen wel?'

'Nee', snikte Lucas. 'Ik probeer de hele tijd te bedenken wie dat zijn en waarom ze Justus gingen pakken, maar ik weet het gewoon niet. Ik ken ze niet.'

'Spraken ze Frans?'

Lucas keek aarzelend. 'Ik weet het niet.' Hij keek naar zijn moeder en begon te snikken. 'Sorry mama, ik weet het echt niet.'

Tessa trok hem nog dichter tegen zich aan en aaide over zijn rug. 'Het is goed, liefje. Je doet het heel goed.'

Er klonk een blikkerige stem uit de portofoon. De agent draaide het volume iets omlaag. 'Er komt versterking', zei hij. 'Twee extra units gaan op pad om hem te zoeken. De meldkamer heeft opgeschaald en alle politiewagens in het departement kijken nu uit naar het busje.' Hij ging verzitten en hield zijn hoofd schuin. 'Zijn er nog zaken waar wij van af moeten weten?'

Tessa slikte moeizaam. 'Wat bedoelt u?'

De agent keek nog steeds vriendelijk maar was duidelijk ook waakzaam. 'Niet zelden worden kinderen meegenomen door een bekende. Is er bijvoorbeeld sprake van een nare scheiding of een ander conflict in uw directe omgeving waarbij de kinderen betrokken zijn?'

'Nee, nee.' Tessa schudde haar hoofd. 'Hun vader is overleden en...'

Ze zag de blik in de ogen van de agent veranderen, maar hij zei niets.

'De jongens en ik zijn hier op vakantie met mijn nieuwe vriend. Er is niemand die daar een probleem mee heeft, niet in mijn familie en niet in zijn familie.'

De man knikte een paar keer. 'Is het lang geleden? De dood van uw man, bedoel ik?'

'Drie jaar.' Ze haalde diep adem. 'Hij is vermoord.'

Ze wist niet waarom ze het vermeldde, maar het leek ineens relevant. De woorden misten hun effect niet bij de agent. 'Vermoord', herhaalde hij. 'En is de dader gepakt?'

Tessa schudde haar hoofd. 'Het was een vergissing. Hij is aangezien voor iemand anders die doelwit was van een huurmoord en...' Ze maakte haar zin niet af. Waarom vertelde ze dit? Zelfs in het meest vergezochte scenario kon ze de moord op Stan niet linken aan wat er nu gebeurde.

'Wacht even...' De agent stak zijn hand op. Hij pakte zijn portofoon op en hield die dichter bij zijn oor. Tessa deed haar best om de krakende woorden te ontcijferen, maar dat lukte niet. 'Wat?' vroeg ze. 'Hebben ze hem gevonden?'

De agent fronste even en legde de portofoon toen weer aan de kant. 'Er is eerder vandaag een melding binnengekomen over de diefstal van een busje dat voldoet aan het signalement. Er zijn agenten onderweg naar de eigenaar.' Hij keek haar weer aan en stelde vragen over de dood van Stan, maar Tessa hoorde zelf ook dat haar antwoorden geen licht lieten schijnen op de verdwijning van Justus. 'We nemen contact op met de Nederlandse politie voor het dossier', zei de agent uiteindelijk en toen Tessa aanbood het nummer van rechercheur Krijger op te schrijven, knikte hij.

De receptioniste gaf haar een blaadje en een pen. De agent stond op, praatte een tijdje in de portofoon, overlegde met een collega. Voor de receptie was inmiddels een oploopje ontstaan, omdat politieauto's nu eenmaal de aandacht trokken. Personeel van de camping maande mensen om door te lopen, maar dat hielp niet echt.

'Er is nog iets', zei Tessa. 'Iets vreemds. Na onze kanotocht van gisteren zochten we de foto's op op de website van het fotobedrijf. Toen kwam ik dit tegen.' Ze pakte haar telefoon en liet de foto van Stan zien. 'Dit is mijn overleden man.'

De agent kneep zijn ogen samen. 'Hoe bedoelt u?'

Tessa probeerde het zo goed mogelijk uit te leggen en vertelde ook dat ze bij het foto- en het kanobedrijf was geweest. De politieman deed duidelijk zijn best om er een logisch verhaal in te zien. 'Kunt u die foto doorsturen?' vroeg hij uiteindelijk. 'We gaan dit uitzoeken.'

'Ik heb de camerabeelden hier', zei de beveiliger op dat moment vanachter de computer. De agent die de leiding had, liep meteen naar hem toe. Tessa volgde, samen met nog een andere agent. 'We hebben deze nodig', zei de oudste agent. De beveiliger beloofde de video door te sturen.

Met open mond keek Tessa naar het scherm, waar het witte busje parkeerde voor de slagboom terwijl rechts op de beelden te zien was hoe haar zoons in de speeltuin speelden. De agent praatte nu in de portofoon, Tessa meende dat hij het volledige kenteken doorgaf.

Op het scherm was te zien hoe Lucas en Justus naar

het klimrek liepen. Het duurde even voor de bestuurder en de passagier uitstapten en toen ze dat deden, bleken beiden een bivakmuts te dragen. Tessa boog zich voorover, maar de beelden waren niet scherp genoeg om te kunnen bepalen of de figuren mannen of vrouwen waren.

Het tweetal holde naar de speeltuin. Lucas zat iets hoger dan Justus op het klimrek. Ze hadden hun rug naar hun belagers gekeerd en te oordelen aan hun lichaamshouding waren ze met elkaar in gesprek. De grootste van de twee volwassenen opende het hekje en liep daarna met doelbewuste stappen op Justus af. De andere – kleiner maar niet minder stevig gebouwd – probeerde Lucas te pakken. Op het scherm speelde zich precies het tafereel af dat Lucas al had beschreven. Tessa legde haar hand voor haar mond en hield met moeite een kreet binnen toen ze zag hoe Justus werd opgetild alsof hij niets woog en in de armen van zijn belager naar het busje werd gebracht. Lucas vocht en trapte en klom omhoog en even leek het alsof hij ook gegrepen zou worden, maar toen werd zijn belager afgeleid – misschien omdat er iemand aan kwam, misschien omdat de ander riep, er zat geen geluid bij de beelden. Daarna maakte die figuur zich snel uit de voeten en net toen de blonde vrouw onder in het beeld verscheen, reed het busje met hoge snelheid weg.

'Het is inderdaad het gestolen busje', zei de agent die in constant overleg stond met de meldkamer. 'Het kenteken is hetzelfde. Maar er is iets vreemds.'

Tessa had haar adem nog niet hervonden en keek hem alleen maar vragend aan. Ze voelde hoe haar wangen nat waren, al merkte ze niet eens echt dat ze huilde.

'Het vreemde is dat de eigenaresse van het busje net heeft gebeld.' De agent keek haar aan en leek zelf ook niet goed te weten wat hij met de informatie moest. 'Het voertuig is zojuist weer keurig teruggebracht.'

Hoofdstuk 7

Tessa had het gevoel dat ze was opgesloten in een donkere buis terwijl de tijd en de gebeurtenissen aan haar voorbijtrokken. Er kwamen andere agenten, Lucas beantwoordde meer vragen, zij deed haar best hetzelfde te doen. Koen kwam en nam haar in zijn armen, huilde, trok haar tegen zich aan en zei telkens maar dat alles goed kwam, maar dat leek vooral te zijn om zichzelf te overtuigen. Ze gingen naar het politiebureau, legden een verklaring af en beantwoordden meer vragen over Stans dood en de vreemde foto.

'Er zit de hele tijd iets in mijn hoofd', zei Koen. 'Maar dat kan helemaal niet.'

'Wat dan?' vroeg de agent.

'Ik weet dat Stan dood is, maar als je hem dan op een foto hebt gezien, ga je toch twijfelen. Als hij leeft, wil hij zijn kinderen terug...'

Tessa huiverde. 'Maar het kan niet', zei ze.

'Nee.' Koen keek naar de politieman en schudde zijn hoofd. 'Het kan niet.'

Ze rondden het gesprek af. Daarna werden ze teruggebracht naar de camping. Tessa wilde schreeuwen dat ze niet terug konden, dat ze niet zomaar konden gaan zitten wachten. Maar dat was precies wat ze deden.

Bij de caravan wachtten Saskia en Rolf hen op, een diep bezorgde trek op hun gezicht. 'Wat verschrikkelijk', zei Saskia en ze trok Tessa wat onhandig tegen zich aan. 'Youri hoorde het van een paar jongens van de camping.'

'Ja', zei Tessa die zich losmaakte uit de omhelzing. Ze voelde zich moe en opgefokt tegelijk.

'En nu?' vroeg Saskia. 'Heeft de politie een spoor?'

Tessa liet zich op een stoel zakken. Ze legde haar hoofd in haar handen en gaf geen antwoord. Koen schonk water in. 'Nog niet', zei hij. 'Het busje waarmee hij is meegenomen, is teruggebracht naar de plek waar het vanochtend is gestolen. Maar van Justus ontbreekt ieder spoor. Alle politiewagens in de omgeving zijn opgeroepen om naar hem uit te kijken en er werken nu vier rechercheurs aan de zaak.'

'Ze vinden hem wel', zei Saskia met een overtuiging

die Tessa nergens op gebaseerd leek. 'Dat moet gewoon. Heb je het zien gebeuren?'

Tessa schudde haar hoofd. 'Ik was nog even met de was bezig. De jongens waren alvast naar de speeltuin vertrokken.'

'Hoe laat is het gebeurd?'

'Rond halfdrie.' Tessa keek op het scherm van haar telefoon. Iets meer dan vier uur geleden, maar de tijd die verstreken was leek een eeuwigheid.

'Halfdrie', herhaalde Saskia. 'Toen waren wij bij het zwembad. Ik heb ook niets gezien.' Ze richtte haar aandacht op Koen. 'En jij?'

'Koen was er niet', zei Tessa. 'Hij was boodschappen doen.'

'O, maar huh...' Saskia keek hem bevreemd aan. 'Jij was toch hier? Ik zag je bij het zwembad.'

Koen trok zijn wenkbrauwen op. 'Nee hoor, ik stond bij de slager in de Intermarché. Toen Tessa belde heb ik de kar laten staan en ben meteen teruggereden.'

Tessa volgde het gesprek nog maar half. 'Oké', zei Saskia uiteindelijk. 'Raar. Dan zal ik wel in de war zijn.'

'Ik moet iets doen', zei Koen. 'Hier blijven zitten voelt volkomen nutteloos. Ik ga rondrijden, hem zoeken.'

Tessa wilde wel mee, maar ze merkte dat het voor Lucas fijner was om bij de caravan te zijn. 'Wij kunnen wel bij hem blijven', bood Saskia aan, maar dat wilde Tessa niet. Vanbinnen was er een stem die niet ophield haar te vertellen dat dit allemaal niet was gebeurd als ze bij haar kinderen was gebleven. Er was geen sprake van dat ze haar andere zoon nog maar één moment uit het oog zou verliezen.

Koen liep weg en vrijwel meteen daarna dook de campingeigenaar op, een wat oudere Fransman die in het Engels zijn medeleven overbracht en zijn hulp aanbood met wat het maar was dat Tessa nodig had. ‘Het is misschien ook goed om te weten dat de media de zaak oppakken’, liet hij haar weten. ‘Er hebben zich journalisten gemeld bij de receptie die u graag willen spreken, maar ik heb mijn medewerkers gevraagd ze niet door te laten. Tenzij u met ze wilt praten?’

Tessa aarzelde even. ‘We hebben de media nodig’, zei ze toen. ‘Hoe meer Justus’ foto wordt verspreid, hoe beter.’

‘Misschien wel goed om ze te woord te staan dan’, zei Saskia, en op dat moment ging Tessa’s telefoon. Een Frans nummer stond in het scherm. Razendsnel nam ze op. Het was de rechercheur die ze die middag ook had gesproken. ‘Het busje is onderzocht en er is wat bloed in gevonden’, zei hij. ‘We gaan uitzoeken of dat van uw zoon is.’

Tessa slaakte een kreet. ‘Bloed?’

‘Niet veel’, zei de man meteen. ‘Het zou van een kleine snee kunnen zijn of een schaafwond.’

Of de rest was weggehaald, dacht Tessa, maar ze dwong zichzelf om die gedachte te stoppen.

‘We hebben uit de camerabeelden foto’s gehaald van

de daders die we via de media zullen verspreiden', ging de man door. 'En voor uw zoon doen we vanavond nog een amber alert uitgaan.'

Tessa knikte een paar keer, niet in staat om antwoord te geven. Natuurlijk deden ze dat, het was dé manier om de vermissing van een kind groots te verspreiden. Maar tegelijkertijd voelde het nu alsof de toch al slechte film een nog vreemdere wending nam. 'Er zijn journalisten hier', zei ze. 'Moet ik ze te woord staan? Ik wil dat ze de foto van Justus via hun websites verspreiden.'

'Dat hebben ze al gedaan', zei de politieman. 'Alle regionale kranten hebben het persbericht op hun website overgenomen en ze zullen straks ook het amber alert vermelden. U hoeft niet met de journalisten te praten als u dat niet wilt.'

'Oké', zei Tessa knikkend.

'Misschien ook beter van niet', zei de man. 'U heeft genoeg aan uw hoofd en ze zullen u vragen stellen waarvan de antwoorden misschien een eigen leven gaan leiden. Zoals over de dood van Justus' vader.'

Tessa bedankte hem voor zijn advies en ze rondden het gesprek af. Toen ze had opgehangen keek ze voor zich uit. 'En?' vroeg Saskia. 'Is er nieuws?'

'Ze hebben bloed gevonden in het busje dat ze nu gaan onderzoeken. Het is van een snee of schaafwond, zei hij, dus geen grote hoeveelheid.'

'O...' Saskia duwde haar hand tegen haar borst op de plek van haar hart. 'Jeetje.'

‘Ik zal de journalisten vragen u met rust te laten’, zei de campingeigenaar en hij liep weg. Tessa bleef achter met Saskia en Rolf. Youri was nergens te bekennen. Lucas had zijn Nintendo gepakt maar kon zich duidelijk niet concentreren. Tessa belde naar Koen, maar hij had geen nieuws. Daarna ging ze binnen in de caravan zitten, maar ze hield de deur open zodat ze Lucas kon zien. Zittend op de bank belde ze haar ouders en haar zus. Ze wilde niet dat Saskia haar gesprek hoorde en bovendien kon ze nu haar tranen de vrije loop laten. ‘We komen meteen naar je toe’, zei haar moeder stellig, maar Tessa schudde haar hoofd. ‘Het is een heel eind rijden en jullie kunnen hier niets doen.’

Het zou prettig zijn om haar ouders bij zich te hebben, maar ze wilde niet dat ze in een situatie van angst en stress in de auto zouden stappen. Ze waren al wat ouder en niet gewend aan zo’n lange rit. Bovendien herinnerde ze zich van de periode na Stans dood dat de aanwezigheid van dierbaren weliswaar fijn was, maar dat het ook betekende dat ze naast haar eigen emoties ook die van anderen erbij kreeg.

‘Maar we moeten hem zoeken’, zei haar moeder. ‘We moeten alles doen om hem te vinden.’

‘Het gebied is uitgestrekt en er is geen enkele aanwijzing waar hij is’, antwoordde ze. ‘Volgens de politie heeft zoeken pas zin als er tips binnenkomen. Ze doen er nu alles aan om het nieuws zoveel mogelijk te verspreiden, zodat er overal mensen naar hem uitkijken.’

Ze praatte nog een tijdje met haar moeder, maar toen belde Koen en nam ze snel op. 'En?'

'Nee, niks.' Hij klonk moedeloos. 'Ik kom zo terug naar de camping, het wordt te donker om nog wat te kunnen zien.'

Nadat hij had opgehangen bleef ze voor zich uit zitten kijken. Uiteindelijk ging ze naar buiten en sloeg haar arm om Lucas heen. Hij keek op met tranen in zijn ogen.

'Wil iemand iets eten?' Saskia veerde overeind en begon zonder duidelijk doel wat te rommelen met de spullen die op tafel lagen. 'Jij, Lucas, heb je honger?'

Het jongetje keek op en gaf niet echt antwoord. 'Ik kan wel iets bij het restaurant halen', zei Saskia. 'Pizza of zo?'

De gedachte aan eten maakte Tessa misselijk, maar Lucas knikte wel. Saskia liep meteen weg om iets te gaan halen. Rolf aarzelde even en volgde zijn vrouw toen. Tessa was blij dat ze even weg waren. Ze liep naar Lucas en streelde hem over zijn haar. Hij keek naar haar op en de angst in zijn ogen deed haar pijn. 'Komt Justus nog terug, mama?' vroeg hij met een breekbare stem.

Tessa moest slikken voor ze antwoord kon geven. 'Natuurlijk komt hij terug', zei ze toen en ze probeerde haar stem overtuiging mee te geven. Toen ze zelf hoorde dat dat niet lukte, herhaalde ze haar woorden krachtiger: 'Natuurlijk komt hij terug.'

De avond werd later en later en de pizza bleef zo goed als onaangeroerd op tafel staan. Koen kwam terug, maar kon geen rust vinden. Telkens stond hij op, liep heen en weer, ging zitten om daarna het hele ritueel te herhalen. Tessa had dezelfde rusteloosheid, maar meer in zichzelf. Het was alsof er een tornado door haar heen ging, keer op keer opnieuw. Ze legde Lucas in bed in de caravan, waar hij wonderbaarlijk genoeg in slaap viel. Saskia en Rolf gingen eindelijk weg. Er kwamen mensen van de politie langs met weer nieuwe vragen. Het busje was uitgebreid onderzocht en het bloed was inderdaad van Justus, maar het was, zo benadrukte de rechercheur nog een keer, echt heel weinig. De camerabeelden hadden bruikbare stills opgeleverd die ook door landelijke media waren verspreid, net als de foto van Justus. Tessa bleef maar inzoomen op de screenshots van de twee daders, maar met hun volledig zwarte kleding en bivakmuts was het op de toch al onscherpe beelden niet te zien of het tweetal haar zelfs maar in de verste verte bekend voorkwam. Het zou bijna iedereen kunnen zijn. De politie probeerde de kwaliteit van de beelden te verbeteren om ze te kunnen analyseren, maar zonder resultaat. Ondertussen was de zeventigjarige eigenaresse van de wijngaard waar het busje was gestolen uitgebreid ondervraagd, maar ook dat leverde geen informatie op. Ze had het voertuig gisteren nog gebruikt, waarna ze het op de plek had geparkeerd waar het altijd stond. Vanochtend was het ineens verdwenen, wat ze bij de politie had gemeld. Of ze het busje op slot had gedaan, wist ze niet zeker. Ze deed dat soms wel en soms niet en het maakte niet uit, want wie wilde nu zo'n oud ding stelen?

Het antwoord kon ze zelf niet geven. Ze was door de diefstal heen geslapen en camera's waren er niet. Het busje was leeg geweest en verder was er ook niets verdwenen uit de wijnvoorraad.

Tegen tien uur ging Tessa's telefoon. Het was een Nederlands 06-nummer dat ze niet had opgeslagen. Vlug nam ze op. 'Met Krijger', klonk een mannenstem. 'Recherche.'

Tessa voelde haar hartslag toenemen. 'Ik heb het gehoord over je zoon', zei de rechercheur. 'Verschrikkelijk.'

'Ja', zei Tessa, wat overrompeld door het telefoontje.

'Het leek me goed om in het licht van die recente gebeurtenissen met spoed naar die foto te kijken. Mijn collega's van de technische recherche zijn er vanavond mee aan de slag gegaan en ik heb net hun bevindingen toegestuurd gekregen.'

'En?' vroeg Tessa met ingehouden adem. De spanning zat als een bal in haar maag, haar longen, haar hoofd. Het was alsof ze geen adem meer kreeg en alsof er tegelijkertijd stroomdraad door haar hele lichaam was getrokken waarop het maximale voltage was gezet. Ze probeerde zich voor te bereiden op wat ze te horen kreeg, maar alle mogelijke verklaringen klonken in gelijke mate bizar.

'Het is trucage', zei Hendrik Krijger toen. 'Het gezicht van Stan is met Photoshop in een andere foto geplaatst. Het is redelijk goed gedaan, in eerste instantie valt het niet op. Maar mijn collega's hebben de beschikking over software waarmee een beeld uitgelezen kan worden. Als je daarmee de foto onderzoekt, zie je wel dat het bewerkt is.' Hij pauzeerde even, maar het lukte Tessa niet om haar stem te vinden zodat ze antwoord kon geven. 'Als je verder zoekt op de website van dat fotobedrijf, kom je ook het origineel van de betreffende foto tegen. Die foto is een uur of twee later gemaakt en staat dus een aantal pagina's verderop.'

'Maar...' Tessa's mond was nu droog. Ze nam een slok water, die maar matig hielp tegen de dorst. 'Maar waarom?' bracht ze uiteindelijk uit.

'Tja, ik zou daar graag antwoord op geven. Ik heb het rapport van de technische recherche al doorgestuurd naar de mensen die aan de verdwijningszaak werken.'

Tessa bedankte hem en hing op. 'Wat?' vroeg Koen die had meegeluisterd. 'Wat zei hij?'

'Dat de foto van Stan nep is.'

'Ah.' Koen liet hoorbaar zijn adem ontsnappen. Hij deed zijn mond open om iets te zeggen, maar sloot hem weer toen hij kennelijk niet goed wist wat.

'Photoshop', zei Tessa.

'Maar...' Koen kneep zijn ogen samen. 'Het is echt helemaal niet logisch. Waarom zou iemand de moeite doen om Stan in een andere foto te fotoshoppen om vervolgens die foto op wat voor manier dan ook geüpload te krijgen op een fotowebsite? Wat is het doel daarvan?'

Tessa haalde diep adem, maar het gevoel dat er een klem om haar longen zat, verdween niet. 'Ik weet het echt niet. Maar eerst die foto en nu Justus, het moet wel met Stan te maken hebben, of met mij.' Ze zweeg even en staarde voor zich uit. 'Nog onlogischer dan al die moeite doen voor die foto is al die moeite doen zonder te weten dat ik die foto ga zien. Degene die het heeft gedaan, moet geweten hebben dat ik die dag heb gekanood. De foto was zo geplaatst dat je hem makkelijk zou zien als je onze foto's zocht, terwijl het origineel kennelijk pagina's verderop staat.'

Koen knikte een paar keer. 'Zou het een hele nare grap kunnen zijn? Er bestaan nu eenmaal hele zieke geesten.'

'Tja...' Tessa sloot even haar ogen. Zelfs als ze zich probeerde te verplaatsen in het hoofd van iemand die de moord op Stan of de verdwijning van Justus – of allebei – blijkbaar zag als een aanleiding om zogenaamde grappen te maken, begreep ze het nog steeds niet. 'Het is op geen enkele manier grappig te krijgen', zei ze toen met een zucht. 'Het is meer...'

'Wat?' vroeg Koen toen ze haar zin niet afmaakte.

'Het is meer alsof er een boodschap van uit moet gaan. Iemand wil met deze foto iets laten zien.' Ze zuchtte diep. 'Het zou alleen zo ontzettend helpen als ik zou begrijpen wát dan precies.'

'Misschien moet je de politie bellen', zei Koen. 'Vragen of ze meteen naar dat rapport kunnen kijken. Of misschien hebben ze dat al gedaan en weten ze meer.'

Tessa knikte een paar keer en pakte haar telefoon. Even later had ze de onderzoeksleider aan de telefoon. 'We hebben het gekregen', bevestigde die. 'We nemen dit natuurlijk mee in het onderzoek. Heeft u zelf een idee wie zo'n foto zou bewerken en op een site zou zetten?'

Tessa schudde haar hoofd. 'Het was al bijzonder vreemd toen ik het opmerkte, maar nu... met Justus...' Ze slikte, maar haar keel zat dichtgeschroefd. 'Ik begrijp gewoon echt niet wat dit te betekenen heeft.'

'We gaan het zo snel mogelijk uitzoeken', zei de politieman en de kalmte in zijn stem gaf haar iets van vertrouwen. 'Het is ook goed om te weten dat we intussen diverse tips hebben gekregen, die we allemaal natrekken.'

'Tips?' vroeg Tessa hoopvol.

'Ik moet erbij zeggen dat dat altijd zo is bij een verdwijningszaak', temperde de politieman haar verwachtingen meteen weer. 'Mensen willen zo graag helpen dat ze heel snel de politie bellen met een tip. Er zijn zichtmeldingen binnengekomen uit Toulouse, Parijs en Lyon, ongeveer gelijktijdig. Maar zolang we niet weten in welke richting we zoeken, gaan we natuurlijk elke tip zorgvuldig na.'

Nadat ze had opgehangen keek Tessa naar Koen. Ze wilde hem over de tips vertellen, maar toen ze de blik op zijn gezicht zag, ging er een rilling over haar rug.

'Wat?' vroeg ze gealarmeerd. 'Wat is er?'

'Dit...' Hij hield zijn telefoon omhoog. 'Iemand stuurt het door. Maar misschien moet je het niet lezen.'

Tessa greep zijn telefoon en zag een blogpagina die eruitzag alsof hij in de beginjaren van het internet was ontworpen. Maar de inhoud deed haar maag samenknijpen. Haar ogen vlogen over de regels. In krukkig Nederlands stond een bericht geschreven over de verdwijning van Justus, die hier werd gevierd als de redding van een kind. Met elke zin die ze las, viel Tessa's mond verder open. Haar hart bonkte niet, het knalde bijna uit elkaar van schrik, ongeloof en woede over wat iemand zomaar op internet had gezet. Ze moest de tekst meerdere keren lezen voor haar hersenen het voor elkaar kregen te snappen wat er werd bedoeld. Toen ze omlaagscrolde en eerst een foto van Justus, toen van zichzelf en toen van Koen zag, sloeg ze met een kreet een hand voor haar mond.

'Geef hier', zei Koen, die resoluut de telefoon van haar afnam. 'Ik had het ook niet moeten laten zien. Deze mensen zijn helemaal doorgeslagen.'

'Nee', zei Tessa en ze pakte de telefoon terug. 'Ik moet weten wat er staat. Je weet niet waartoe die mensen in staat zijn en...' Ze maakte haar zin niet af, maar richtte haar aandacht op de website. Het deed bijna fysiek pijn toen ze las wat er over Stan werd geschreven. Ze moest het meerdere keren lezen en keek toen op naar Koen. 'Ze schrijven hier dat Stan zogenaamd dood is...'

Koen knikte en aan zijn gezicht was zijn mening wel af te lezen. 'Sommige mensen zijn echt heel erg de weg kwijt. Verderop staat "moord" ook tussen aanhalingstekens.'

Tessa probeerde de woorden te vatten, maar die waren zo bizar dat haar hersenen weigerden de volledige betekenis te laten doordringen. 'Insinueren ze nu dat Stan nog leeft?'

'Volgens mij wel', zei Koen en hij oogde wat moedeloos. 'Hier kun je toch niet tegenop met gezond verstand?'

Tessa haakte haar blik in de zijne en trok met haar mond. 'Gezond verstand is volgens mij het eerste wat je moet loslaten als je probeert te volgen hoe deze mensen denken. Het zou wel passen bij de foto: insinueren dat Stan nog leeft en dan een foto zo bewerken dat het lijkt alsof hij op een kanotochtje is gegaan.'

'Maar dan gaat het verder dan een naar blogbericht plaatsen', zei Koen. 'Dan zou dit betekenen dat ze weten dat jij hier bent en wanneer je bent gaan kanoën, en om zo'n foto op de website te krijgen, moet je ook nog wel wat moeite doen. Dan zou het om een geplande en gecoördineerde actie gaan.'

Tessa voelde zich misselijk worden bij die woorden. Ze dwong zichzelf verder te lezen en kwam bij het stukje dat Koen al had genoemd, waarin de vergismoord werd afgedaan als een slecht bedacht onzinverhaal en waarin stond dat Stan vanaf een geheime locatie zijn werk voor 'het netwerk' had voortgezet. *Vermoedelijk in het buitenland*, stond erbij. Tessa's gedachten trokken haar terug naar het rouwcentrum, de witte kist, de kaarsen, de ijskoude hand van haar overleden man.

Maar haar gedachten gingen niet alleen daarnaar terug. Ze dacht ook aan die berichten op haar social media en de mails die Stan kennelijk had gekregen en die de politie vluchtig had genoemd. Pasten de insinuaties die daarin werden gedaan niet precies bij wat er op dit blog stond? Kindermisbruik, een netwerk, hooggeplaatste mensen, schoolhoofden...

Ze kneep haar ogen stijf dicht en schudde haar hoofd, maar dat hielp niet om de beklemmende gedachten kwijt te raken. Ze opende haar ogen weer en las verder. De schrijver van de tekst was nog niet klaar. Het stuk ging verder over Tessa en hoe ze had geweigerd haar kinderen in veiligheid te brengen en over Koen die, volgens de schrijver, als leerkracht op zichzelf al verdacht genoeg was. Dat Justus nu was ontvoerd was geen toeval. Hij was uiteindelijk toch ten prooi gevallen aan het netwerk van zijn vader. Al hoopte de schrijver nog dat het anders zat, dat Justus door de goede herders op tijd was gered van zijn lot.

Na die laatste regel keek Tessa op naar Koen. Die knikte, maar in zijn blik stond het ongeloof dat zijzelf voelde, ook duidelijk te lezen. 'Zegt hij nou...'

'Ja', knikte Koen. 'Als ik het goed begrijp is Justus volgens deze blogschrijver ofwel door dat zogenaamde netwerk van Stan ontvoerd, ofwel door iemand die hem daarvan wilde redden.'

Tessa liet de telefoon zakken. Ze wilde wel iets zeggen, maar ze had het gevoel dat ze geen adem kon halen.

'Complete waanzin', vervolgde Koen. 'Wat kunnen mensen toch verschrikkelijke dingen schrijven. Beseffen ze dan niet hoeveel pijn dit doet?'

Tessa beet op haar onderlip en keek Koen aan. Ze trilde over haar hele lichaam toen ze zei: 'Ik ben zo bang.'

'We vinden hem wel', zei Koen nog maar eens, maar hoe Tessa ook zocht naar overtuiging in zijn stem, die leek te zijn verdwenen.

'Maar als...'

'Sst, sst.' Koen stond in één stap naast haar en nam haar in zijn armen. In haar gedachten huilde Justus, trilde hij, schreeuwde hij om zijn moeder. Het voelde alsof haar hart uit haar borstkas werd gerukt, werd fijngeknepen en daarna juist zo ver mogelijk werd opgerekt.

'Ik moet dit naar de politie doorsturen', zei ze, maar ze maakte zich niet los uit Koens omhelzing. Nog even wilde ze zijn armen voelen, zijn warmte, zijn hartslag.

Nog even bleef ze staan. Op haar netvlies keek Justus met doodsangst naar haar op.

Toen er een stem klonk, vloog Tessa bijna omhoog van schrik. 'En?' vroeg Saskia, die plotseling naast haar stond. 'Is er nog nieuws?'

Hoofdstuk 8

HET MOEST NOG ZEVEN UUR WORDEN TOEN TESSA het deurtje van de caravan achter zich dichtduwde en op slippers naar het douchegebouw liep. Daar ontbrak de reuring van de ochtend, het gekletter van de douches, kinderstemmen, de geur van shampoo. Ze had de douches voor het uitkiezen en glipte een hokje in dat helemaal in de hoek lag. Daar trok ze haar badjas uit en stapte onder het warme water, maar dat bracht op geen enkele manier rust in haar lichaam.

Ze had natuurlijk geen minuut geslapen, Koen ook niet. De hele nacht waren ze af en aan in bed of buiten geweest. Met het verstrijken van de tijd waren bij Tessa de doemscenario's in haar hoofd steeds gruwelijker geworden en de tranen talrijker. Koen zocht vooral geobsedeerd op internet. Voor hem kwam het geraaskal op het blog volledig uit de lucht vallen, Tessa wist dat er complotdenkers met uiterst vreemde ideeën bestonden doordat het onderwerp na de dood van Stan kortstondig aan de orde was gekomen. Ze had dat nooit met Koen besproken, want toen zij ruim een jaar na Stans dood een relatie kregen, stond de onderzoeksuitkomst vast en had Tessa, omdat ze online niet langer vindbaar was, al een hele tijd geen berichten meer ontvangen. Toen hij had gevraagd waarom ze geen socialmedia-accounts had, had ze gezegd dat ze na de media-aandacht na Stans dood haar buik wel vol had van online vindbaarheid. Zelf gaf hij ook maar weinig om zaken als Facebook of Instagram, laat staan om Snapchat en TikTok, en na een tijd in de slaapstand had hij zijn accounts uiteindelijk ook verwijderd.

Koen leek zich nu te verliezen in zijn zoektocht. Hoe meer je zocht, hoe meer krankzinnige voorbeelden je tegenkwam van waar verschillende groepen complotdenkers in geloofden.

'Hier staat dat iedere Amerikaanse president erbij betrokken is geweest', had Koen haar ergens vannacht verteld, waarna hij een stukje had voorgelezen. Om vervolgens ergens anders verder te lezen. 'Heb jij weleens van Pizzagate gehoord?'

Dat had ze. Het verhaal dat in een kelder van een

pizzarestaurant in Washington kinderen werden misbruikt door een groep pedofielen onder leiding van Hillary Clinton, was inmiddels een bekend voorbeeld van hoe complotten en nepnieuws afschuwelijk uit de hand konden lopen. De man die met een doorgeladen geweer de pizzeria was binnengestapt en een schot had afgevuurd, was tot vier jaar cel veroordeeld. Maar dat deed niets af aan de ijzingwekkende manier waarop nepinformatie online werd opgepikt, verspreid, vermenigvuldigd en uiteindelijk werd gebruikt om tot daden over te gaan.

'Er wordt ook de hele tijd gesproken over satanisch ritueel misbruik', had Koen niet lang daarna gezegd. 'Zijn die mensen helemaal de weg kwijt?'

'Natuurlijk zijn die de weg kwijt', had Tessa gezegd terwijl de tranen weer over haar wangen rolden. 'En dat maakt ze zo gevaarlijk. Als zij hier echt in geloven en ernaar handelen...'

Haar eigen zin had ze niet afgemaakt omdat de allesverslindende angst haar de adem had benomen. Nog steeds voelde het alsof ze amper lucht kreeg. Bij elk beeld dat op haar netvlies verscheen, kromp ze een beetje meer ineen.

Op de automatische piloot zeepte ze zich in. Toen ze klaar was met afspoelen en de douche vanzelf was uitgegaan, droogde ze zich af. Net toen ze het hokje wilde verlaten, ging haar telefoon. Koen, zag ze in het scherm.

'De recherche is hier', zei hij, om meteen toe te voegen: 'Er is geen nieuws, ze komen om een update over het onderzoek te geven.'

Tessa haastte zich terug naar de caravan. Ze waren met z'n tweeën, de onderzoeksleider en de vrouw die Tessa gisteren ook had gezien. De man nam het woord. 'We hebben van onze Nederlandse collega's het dossier van de moord op uw man ontvangen', zei hij. 'Dat hebben we vannacht bestudeerd en er is ons een aantal zaken opgevallen. We weten op dit moment nog niet hoe we die moeten beschouwen in het licht van de verdwijning van uw zoon, maar met de informatie uit het dossier en de berichten die momenteel op internet rondgaan in het achterhoofd hebben we de hoek van de complotdenkers tot onderzoeksrichting bestempeld.'

Tessa sloot even haar ogen. Ze voelde Koens hand op haar rug. 'Dus u houdt er serieus rekening mee dat Justus door deze...' hij snoof, 'deze gekken is meegenomen.'

'Het is een richting die we onderzoeken', zei de rechercheur kalm. 'Dat hadden we misschien niet gedaan als er in het verleden geen sprake was geweest van berichtenverkeer dat ook in die hoek kan worden geplaatst, maar de feiten liggen anders.'

'Maar het was...' Tessa probeerde diep adem te halen, maar dat lukte niet. Met het gevoel dat haar longen waren afgeknepen maakte ze haar zin af. 'Maar het was destijds niet echt een groot thema in het onderzoek. Ik heb begrepen dat er een paar mails waren gevonden op Stans computer en ik heb zelf via social media wat dingen gekregen, maar de politie deed dat af als onbelangrijk.'

De rechercheur keek even naar zijn collega en kneep toen zijn ogen samen. 'Wat wij uit het dossier hebben begrepen is dat er destijds kortstondig onderzoek is gedaan naar de betreffende berichten, waarna is vastgesteld dat deze niet gelinkt konden worden aan de moord op uw man. Maar nu wij in de huidige situatie naar de berichten kijken, zien we voldoende aanleiding voor verder onderzoek.'

Tessa wreef over haar ogen, die branderig voelden door de tranen en de doorwaakte nacht. 'Ik probeer me te herinneren wat er destijds was gestuurd. Iets met...' Ze keek de rechercheur aan. 'Iets met kinderen redden?'

De rechercheur opende een map die voor hem op tafel lag en die Tessa nu pas opviel. Hij bladerde er even doorheen en haalde er een papier uit dat hij over de tafel naar Tessa schoof. 'Als ik het goed begrijp, zijn dit de berichten die naar jou zijn gestuurd. Een van de redenen dat we hier zijn, is dat ik dat bij jou wil checken.'

Tessa's hand trilde toen ze het blaadje optilde. Haar ogen gingen over de regels, maar ze had meerdere pogingen nodig voor de woorden echt tot haar doordrongen.

Kinderen moeten gered worden van dit beest.

Wie meeloopt met de kudde en z'n ogen sluit, is net zo schuldig.

De kinderen zijn gered, maar voor hoelang?

Jij wist het, Tessa. Jij wist het al die tijd.

Hoewel de dag al begon op te warmen, rilde ze alsof de temperatuur onder het vriespunt was gedoken. Koen pakte het papier uit haar hand. Met grote ogen las hij wat er stond. 'Maar dit is...' Hij keek Tessa aan. 'Hebben ze dit toen serieus genomen?'

Ze schudde haar hoofd. 'De politie zei al snel dat ze aan de toon van de berichten en de accounts waar ze vandaan kwamen konden aflezen dat het complottheorieën waren die niets met de moord op Stan te maken hadden. Ze vertelden dat bij zaken die in de media komen, er heel vaak soortgelijke berichten worden gestuurd. Daarbij gaat het om heel uiteenlopende zaken, van het oprollen van een criminele bende tot auto-ongelukken of huiselijk geweld. De complotdenkers zien overal een aanleiding in.'

Koen floot zacht tussen zijn tanden. 'Wat verschrikkelijk.'

'De mails die naar uw man zijn gestuurd zitten ook in het dossier', nam de politieman het woord weer. 'Ten tijde van het onderzoek zijn ze aan de kant geschoven omdat meteen duidelijk was dat het ging om complotdenkers die dingen beweerden waar uw man helemaal niets mee te maken heeft gehad. Maar in het huidige onderzoek moeten we er toch weer naar kijken, omdat complottheorieën heel hardnekkig zijn en de verspreiders ervan helaas heilig in hun eigen gelijk geloven.'

Tessa knikte een paar keer en sloot even haar ogen. 'En dus een vermeend "slachtoffer" opzoeken.'

'Het is een richting die we onderzoeken.'

'Maar wacht even.' Koen keek van de een naar de ander. 'Om wat voor mails gaat dit?'

Ze had hem maar weinig verteld over het onderzoek naar de moord op Stan, realiseerde Tessa zich nu pas echt. Toen ze iets met Koen kreeg, ruim een jaar na de moord, had ze al die nare gedeeltes van het onderzoek juist achter zich willen laten. Nooit meer denken aan de beschamende onzin die mensen over Stan, en later over haar, hadden uitgestort. Nu ze het weer vertelde, voelde ze opnieuw de pijn en de woede die ermee samenhingen.

'Toen Stan was vermoord heeft de recherche zijn werklaptop uitgebreid onderzocht', zei ze nadat ze een paar keer diep adem had gehaald. 'Het bleek dat er berichten in zijn mailbox zaten van mensen die meenden dat hij als directeur, op z'n zachtst gezegd, niet het beste voorhad met de kinderen op zijn school.'

'Had hij conflicten met ouders?'

Ze schudde haar hoofd. 'Of ja, dat gebeurde ook weleens', zei ze toen. 'Maar het ging om mails waarin hij van de allergrootste waanzin werd beticht. Een beetje zoals in die blogberichten.'

'Zoals...?'

Tessa kreeg het woord bijna haar mond niet uit. 'Kindermisbruik. En dan op grote schaal, als hoofd van een heel netwerk. Het was zo verschrikkelijk bizar, je kunt je niet voorstellen dat iemand zo kan denken. De politie was ook meteen heel duidelijk dat dit, net als de berichten die ik kreeg, van complotdenkers afkomstig was. Ze hebben het vrijwel meteen terzijde geschoven.'

Koen wreef over zijn voorhoofd en zei niets. Tessa zweeg ook een paar tellen voor ze weer begon te praten, nu in het Engels vanwege de politieagenten. 'Ik heb altijd gedacht dat dit een stel rare gekken waren met hele vreemde ideeën en grote woorden, maar van wie we nooit iets te vrezen zouden hebben.' Ze keek het tweetal aan. 'Dat heb ik destijds ook van de familierechercheur begrepen. Maar zou het kunnen dat dat een hele grote inschattingsfout is geweest?'

De politieman nam het woord. 'Als ik dit dossier zou lezen zonder dat uw zoon was verdwenen, zou ik precies hetzelfde hebben gezegd als mijn Nederlandse collega's. Helaas bestaan er mensen met bepaalde ideeën en helaas is het internet een krachtige manier om die ideeën op grote schaal te verspreiden. Maar voor mij zouden het niet meer dan dwaze ideeën zijn.'

Tessa sloeg haar blik neer. Dat was precies wat zij jarenlang had gedacht. Maar hoe anders was het nu. Nu de herinneringen aan wat er toen allemaal was gestuurd, met volle kracht terugkwamen in haar hoofd en zich niet met wat voor knop dan ook lieten verwijderen. Nu

Justus was verdwenen, en Lucas ook bijna, en alles wat destijds was geschreven, een loodzware lading kreeg. Nu iemand veel moeite had gedaan om haar te laten denken dat haar overleden man zomaar ineens in een kano op de Ardèche zat, op dezelfde dag en nagenoeg hetzelfde tijdstip dat ze daar zelf was geweest. Nu leken die dwaze woorden van toen ineens zoveel meer betekenis te krijgen.

Koen stond op en ging de caravan in. Hij kwam terug met een kan koffie en vier bekers. Tessa keek toe hoe hij inschonk, al bezorgde de geur haar een vage misselijkheid. De politieman schraapte zijn keel en vertelde verder over het onderzoek. Naast de berichten waren er nog veel meer richtingen waarin werd gezocht. Er waren rechercheurs bezig om aan de hand van camerabeelden van openbare en privécamera's uit de omgeving de route van het busje te reconstrueren. Andere rechercheurs hadden zich op het dossier van Stans moord gestort en probeerden daaruit informatie te destilleren die nu relevant zou kunnen zijn. Zij hielden zich ook bezig met de complotverspreiders op de blogs. Weer iemand anders probeerde uit te vinden hoe de foto van Stan op de website van het fotobedrijf terecht was gekomen, en wie de bewerking had gemaakt. Op de camping werd nog steeds onderzoek gedaan, een speciaal team had camerabeelden uit de speeltuin en bij de slagboom technisch verbeterd zodat ze scherper waren. De verbeterde beelden waren landelijk en internationaal verspreid, maar het tweetal had zichzelf zo bedekt dat het nog altijd lastig was om een duidelijk signalement te geven.

Ook hielden de rechercheurs zich bezig met de talloze tips. Ze kwamen uit heel Frankrijk en ook uit België en Nederland – tips wie de twee ontvoerders zouden kunnen zijn, maar helaas was ieder spoor tot nu toe doodgelopen. 'En als het om een ontvoering gaat, is het ook gebruikelijk dat er losgeld wordt geëist', zei de politieman. 'De daders zullen zo snel mogelijk hun geld willen en de tijd dat ze het kind moeten vasthouden, zo kort mogelijk maken.'

Tessa liet haar hoofd op haar handen steunen. Was het maar een ontvoering, dacht ze in stilte. Ze zou met liefde het losgeld betalen, de hoogte van het bedrag kon haar niet schelen. Was er maar de mogelijkheid om haar zoon te ruilen voor geld, maar ontvoeringen voor geld overkwamen toch alleen rijke mensen? In haar hoofd klonk een alarmerende stem die zei dat er veel meer aan de hand moest zijn. De vreselijkste beelden verschenen in haar hoofd. Justus vastgebonden, huilend, bewusteloos. Ze kromp ineen en voelde tranen over haar wangen rollen. Koen hield haar vast, maar niets van wat hij kon zeggen of doen bood enige troost. Ze voelde zich alsof alles in haar doormidden was gescheurd. Er waren stemmen die riepen dat het haar eigen schuld was – welke moeder verloor haar kind nu uit het oog? Ze wist dat het waar was, zíj had daar moeten zijn met hem, dan was het niet gebeurd. Op haar netvlies keek Justus met grote, holle ogen naar haar en ze wist zeker dat wat er ook gebeurde, dat beeld haar nooit meer zou loslaten.

De politieagenten stonden op, verdwenen. Koen hield haar nog steeds vast, maar ze maakte zich los en liep naar binnen. Daar, zittend op de rand van zijn bed, keek ze naar haar oudste zoon die met zijn handen boven zijn hoofd lag te slapen, en wist ze dat ze nooit meer dezelfde persoon zou zijn.

De uren kropen voorbij. Lucas werd wakker met een sprankje hoop dat zijn broertje ineens weer naast hem zou staan. Tessa voelde fysieke pijn bij zijn blik vol wanhoop en verdriet toen ze hem vertelde dat er geen wonder was gebeurd terwijl hij sliep. Ze legde haar hand op de zijne. In zijn ogen blonken tranen. 'De politie weet echt niet waar hij is, hè?'

Tessa beet op haar lip. Ze wilde niet liegen en dus schudde ze haar hoofd. 'Maar ze vinden hem wel', zei ze toen met meer optimisme dan ze in zich voelde. 'Ze zijn in het hele land én daarbuiten naar hem aan het zoeken.'

'Als hij terugkomt, ga ik nooit meer ruzie met hem maken', zei Lucas met een trillend stemmetje. 'En dan mag hij mijn playstation hebben.'

Tessa voelde alweer een traan langs haar wang naar beneden glijden. Haar keel zat zo dichtgeschroefd dat ze niets kon uitbrengen. Ze kneep in Lucas' hand.

Daarna maakte ze iets te eten voor hem, maar na een paar hapjes liet hij het staan.

'Hé... eh, hoi.' Met zijn handen onbeholpen in zijn zakken dook Youri bij de caravan op. Hij wist zich duidelijk geen houding te geven. 'Wil je eh... spelen?' vroeg hij uiteindelijk. 'Ik bedoel, je moet toch wachten en...'

Hij staarde naar de grond terwijl zijn wangen rood kleurden. Tessa had met hem te doen en probeerde zijn ongemak weg te nemen. 'Wat lief dat je het vraagt', zei ze. 'Ik denk dat Lucas het wel fijn vindt om wat afleiding te hebben.' Ze keek naar haar zoon. 'Of niet?'

Het jongetje knikte. Tessa wilde voorstellen de bal te pakken zodat ze konden overschieten op het pad, maar Youri vroeg: 'Wil je naar de rivier?'

'Nou...' Tessa keek bedenkelijk. Ze wilde niet dat Lucas buiten haar zicht was en hoewel ze het strandje kon zien, vond ze het niet fijn als hij zo ver weg was.

'Ga je mee, mam?' vroeg Lucas.

Tessa aarzelde. 'Ik ga wel met ze mee', zei Koen. 'Blijf jij maar hier.'

Tessa beet op haar onderlip. 'Oké', zei ze, knikkend. Natuurlijk kon Koen prima op Lucas letten. Ze sloot even haar ogen. 'Dank je wel', zei ze en ze probeerde iets wat op een glimlach leek.

Het duurde even voor de zwemspullen, handdoeken en de opblaasboot waren verzameld. Youri was intussen teruggelopen naar zijn eigen plek om zijn spullen te halen. Even later zag Tessa van een afstandje hoe het drietal naar het water liep. Lucas eerst nog wat weifelend, maar dat duurde niet lang. Binnen een paar minuten zag ze hem al in het water plonzen. Koen stond intussen op het strandje en hield zijn blik strak op de jongens gericht.

'Hé...' hoorde ze toen naast zich. 'Stoor ik? Ik was benieuwd of de politie al meer weet.'

Tessa keek opzij naar Saskia die haar hoofd schuin hield en Tessa aankeek met iets wat waarschijnlijk medeleven was, maar wat nu bemoeierig overkwam. Ze wilde dat de vrouw wegging, maar haar interesse was ongetwijfeld goedbedoeld. 'Nee', zei ze daarom. 'Geen nieuws. Veel tips, maar vooralsnog niet één die echt bruikbaar is.'

'Ai.' Saskia kneep haar ogen samen. 'Wat verschrikkelijk. Hou je het nog een beetje vol?'

Tessa knikte en humde wat, maar gaf geen antwoord. Nee, natuurlijk hield ze het niet vol. Maar hoe moest ze uitleggen hoe het voelde als je hart met geweld uit je borstkas was getrokken, was vermorzeld en daarna rommelig was teruggeplaatst in de wetenschap dat het nooit meer zou helen als Justus iets ergs overkwam?

Saskia zweeg even. Uiteindelijk trok ze met haar mond en keek Tessa onderzoekend aan voor ze zei: 'Ik dacht... Nou ja, als je wil praten of zo, dan kan je bij mij terecht.'

Tessa keek op en knikte, maar ze gaf geen antwoord.

Hoe aardig Saskia ook was, op dit moment werkte ze vooral op haar zenuwen.

'Over alles', ging de vrouw verder en ze keek naar de grond, alsof het voor haar te moeilijk was om Tessa aan te kijken. 'Ook over wat er in het verleden is gebeurd. Het afstaan van je man moet ook heel moeilijk zijn geweest.'

Afstaan? Tessa trok haar wenkbrauwen op. Het was dat het haar ontbrak aan de energie, anders had ze een stekelig antwoord gegeven.

'Het is toch een soort rouwproces', ging Saskia door. 'Je hebt hem immers nooit meer gezien.'

In plaats van haar wenkbrauwen verder op te trekken trok Tessa ze nu juist samen. 'Nee, ik heb hem nooit meer gezien', zei ze korzelig. 'Dat is wel vaker zo als iemand overlijdt. Je zou dat best het ultieme rouwproces kunnen noemen.'

Saskia trok met haar mond en knikte een paar keer. 'Zoals ik al zei: kom naar me toe als je ergens mee zit. Praten helpt.'

Tessa keek haar aan met een gevoel dat het midden hield tussen ongemak en verbijstering. Voor Stans dood had ze nooit kunnen vermoeden hoeveel misplaatste dingen mensen konden zeggen omdat ze geen woorden konden vinden voor wat ze eigenlijk kwijt wilden – er zat zelden kwade opzet bij dat soort onhandige opmerkingen. Maar nog nooit had iemand haar gevoel na het verlies van haar man getypeerd als 'een soort rouwproces'. Laat staan dat hij niet was overleden, maar 'afgestaan'. Ze schudde haar hoofd. Afgestaan aan wie?

Saskia zette een stap in haar richting en stond nu veel te dichtbij. 'Ik meen het, Tessa. Ik kan je helpen.'

'Waar heb je het over?' vroeg ze met toenemende irritatie. Ze knipperde een paar keer, maar het brandende gevoel in haar ogen verdween niet. 'Ik weet niet wat je wil, maar ik weet wel dat ik hier niets mee kan. Ga alsjeblieft weg, Saskia.'

Ze ging aan tafel zitten en liet haar hoofd in haar handen rusten. Achter haar ogen bonkte de hoofdpijn en ze voelde zich verkrampt. Saskia boog zich ook nog voorover. 'Nee', zei ze, te dicht bij Tessa's oor. 'Ik ga niet weg. Ik moet mijn plicht doen en dat is niet meelopen met de kudde maar jou laten inzien wat er echt gebeurt.'

Met een ruk keek Tessa op. Ergens in haar begon een alarm te loeien, al wist ze nog niet precies wat dat had veroorzaakt. Saskia had de verandering in haar gezicht meteen opgemerkt en ging nu naast haar zitten. Ze pakte Tessa's arm. 'Ik weet dat je een liefhebbende moeder bent, Tessa. Je zou je leven geven voor je kinderen en je zou alles doen om ze te beschermen. Maar je bent naïef.'

Tessa keek naar de hand van Saskia, die zwaar en heet aanvoelde op haar onderarm. 'Laat me los', zei ze met haar kiezen op elkaar. Haar hersenen draaiden op volle toeren. Ze had dat zinnetje eerder gehoord. Dat zinnetje dat haar nekharen overeind deed staan. De kudde...

Saskia wachtte een paar seconden voor ze haar hand weghaalde. 'Laten we praten', zei ze en met haar waterige blauwe ogen keek ze Tessa indringend aan. 'Je hoeft dit niet alleen te doen. Wij helpen je al en dat blijven we doen.'

Tessa wilde helemaal niet praten en Saskia was momenteel de laatste van wie ze hulp wilde, maar toch verroerde ze zich niet. Ze keek Saskia aan terwijl haar lijf voelde als een veel te ver uitgerekt elastiek dat elk moment kon knappen.

'Het is tijd dat je je ogen opent, Tessa', zei Saskia. 'Je kunt je kinderen niet langer laten leven in gevaar. We moeten samenwerken om...'

'Hou op!' riep Tessa en ze trok haar arm weg. De woorden raakten haar op een plek waar het pijn deed.

'Nee.' Saskia bracht haar gezicht vlak bij dat van Tessa. 'De tijd van wegkijken is voorbij en dat weet jij ook. We konden Justus redden en ook voor Lucas is het niet te laat.'

Tessa deed haar mond open om nogmaals te schreeuwen dat Saskia op moest houden, maar iets hield haar tegen. Met open mond staarde ze Saskia aan. 'Wacht even... wát zei je over Justus?'

'Dat we hem hebben kunnen redden.' Saskia keek haar geestdriftig aan. 'Hij is nu veilig. Voor Lucas kunnen we hetzelfde doen en...'

Tessa sloot even haar ogen, opende ze weer en had het gevoel dat iemand een band om haar keel had gespannen die nu langzaam werd aangetrokken. Ze probeerde uit alle macht te verwerken wat ze hoorde, maar haar gedachten beukten op een keiharde muur.

'Het wordt tijd dat je inziet dat jij de sleutel bent', zei Saskia nu. 'Dit is het moment om in actie te komen voor je Lucas ook nog kwijtraakt. Je hebt geen tijd meer voor naïviteit.' Ze hield haar hoofd schuin en keek Tessa meelevend aan. Haar wangen waren rood en er parelden wat zweetdruppels op haar voorhoofd. 'Je gaat opnieuw de fout in en je hebt het niet eens door.'

'Wat zei jij net?' vroeg Tessa ademloos.

'Dat je opnieuw...'

'Nee, over die kudde.' Ineens wist ze het weer.

Wie meeloopt met de kudde en z'n ogen sluit, is net zo schuldig.

Saskia glimlachte spijtig, alsof ze het zelf ook moeilijk vond om die feiten onder ogen te zien. 'Het gebeurt onder je neus. Iedereen loopt achter mensen aan die in een uniform of witte jas of op een plek in het klaslokaal de ultieme dekmantel hebben gevonden. Of die het land besturen en dus wel goed zullen zijn. De beste plek om de meest gruwelijke misdaden te plegen is daar waar niemand het verwacht: in het volle licht, voor het oog van het publiek.'

Verstijfd van spanning staarde Tessa haar aan. Het besef dat door haar heen ging was zo groot en allesomvattend dat het haar de adem benam. 'Jij bent... Jij hebt...'

‘Wij zijn er om de kinderen te helpen’, zei Saskia uiterst kalm. ‘Dat is altijd ons enige doel geweest. Toen met Stan...’ Ze keek Tessa aan met iets van vermoeidheid. ‘Natuurlijk geloofde iedereen dat het een moord was, dat hij dood was. Omdat mensen alles geloven wat je ze maar vertelt. Maar wij niet, Tessa. Wij kennen jouw geheim. En we zien hoe je nog steeds gevangen bent in het giftige netwerk. Hoe je van een afstand wordt bestuurd door je man en nu door je nieuwe vriend.’ Ze boog zich wat voorover naar Tessa, bijna moederlijk. ‘We zullen ook jou helpen, zoals we Justus hebben geholpen.’

Tessa hapte naar adem. Woede en angst streden om voorrang, maar die eerste won het. ‘Geef mijn zoon terug’, riep ze hijgend van angst en boosheid. Ze greep Saskia bij de boord van haar zomerjurk. ‘Geef Justus terug!’

Meteen daarna liet ze Saskia los en greep haar telefoon. Het nummer dat ze nodig had was het laatste nummer dat haar had gebeld. Ze tikte het aan en haar telefoon zocht verbinding, maar op dat moment maakte een slag tegen haar arm dat de telefoon uit haar hand vloog en op het zeil onder de luifel belandde. ‘Niet doen’, zei Rolf met een lage stem. Hij stond nu recht voor haar, te dichtbij. Zijn blik had zich aan de hare gehaakt, ze zag het zweet op zijn bovenlip.

Saskia pakte eerst de telefoon op en kwam toen naast haar man staan. De vriendelijkheid was nu uit haar stem verdwenen. 'Maak niet opnieuw dezelfde fout', zei ze en ze kneep haar ogen samen.

'Waar heb jij het over?' Tessa hoorde de felheid in haar eigen stem. 'Wat...'

Rolf maakte een minachtend geluid. 'Ik zei toch dat het geen zin heeft', zei hij tegen zijn vrouw. 'Je kan haar niet redden, ze is veel te ver heen.'

Tessa deed haar mond open, maar Saskia was sneller. 'Als je je zoon wil zien, doe je wat wij zeggen', zei ze langzaam, dreigend.

Tessa moest op haar onderlip bijten tot ze bloed proefde, maar uiteindelijk knikte ze trillend.

'Goed zo', zei Saskia, al ontbrak de goedkeuring in haar stem.

'Je loopt mee naar onze auto', nam Rolf het over. 'Je waarschuwt niemand, je schreeuwt niet, je trekt op geen enkele manier de aandacht. Schend je de regels, dan zie je je zoon nooit meer terug.'

'Begrijp je dat?' vroeg Saskia. 'Ben je bereid te doen wat je moet doen?'

Tessa deed haar mond open en wilde schreeuwen, maar ze wist zich te beheersen. Ze staarde Saskia aan, verblind door woede maar ook door angst. Justus, was het enige wat ze dacht. Ze moest naar Justus. Langzaam sloot ze haar mond weer en knikte ze. Ja, ze was bereid te doen wat ze moest doen. En dat was alles op alles zetten om haar zoon te vinden.

Hoofdstuk 9

INEENS WAS DE AUTO ER. ROLF PARKEERDE DE DONkerblauwe Skoda pontificaal voor de caravan en stapte uit. Met een lijf dat met alles wat het in zich had protesteerde, kwam Tessa in beweging. Stram liet ze zich op de achterbank zakken. In de auto hing een verstikkende warmte. Saskia ging voorin zitten, Rolf nam achter het stuur plaats. Langzaam reden ze naar de uitgang van de camping.

'Jullie...' zei Tessa uiteindelijk met trillende stem. Ze snoof en voelde hoe woede zich als heet vuur door haar verspreidde. 'Hoe durven jullie mijn zoon te ontvoeren en...'

'Stil', baste Rolf. 'Als je je zoon wil zien, houd je je aan de regels.'

'Wij hebben Justus niet ontvoerd', zei Saskia. 'Het was jouw keuze om je kinderen bloot te stellen aan een netwerk waarvan je precies wist wat er gebeurde. Je bent er net zo schuldig aan als al die anderen. Als die man van je: meneer de schooldirecteur die alle kinderen zomaar heeft uitgeleverd. Als die vriend van je, ook al zo'n kindervriend met zijn aardrijkskundelessen. Allemaal doen ze eraan mee, Tessa, en jij steunt het. Vertelt aan iedereen dat je man dood is, precies zoals ze willen dat jij doet. Terwijl jij net zo goed als wij weet dat hij zijn duivelse werk gewoon voortzet vanuit het buitenland.'

Tessa was een moment lang te verbijsterd om antwoord te geven. 'Wat?' vroeg ze terwijl ze haar ogen sloot. Toen ze ze weer opende, zag ze de slagboom en daarna het hobbelige asfalt dat van de camping naar de hoofdweg voerde.

'Doe niet alsof je niet weet waar dit over gaat', zei Rolf. 'Die zogenaamde vergismoord, die wassen pop voor wie een uitvaart is gehouden, het is allemaal nep. Zelfs jij bent niet zo naïef dat je dit nog echt gelooft.'

Tessa kon geen woord uitbrengen. Rolf daarentegen praatte maar door. 'We hebben je zoveel momenten gegeven waarop je eruit kon stappen. Waarop je de waarheid onder ogen kon zien. Maar je wil het niet. We moesten je zoons wel redden. Bij de ene is het al gelukt en bij de ander zal het nu ook gebeuren.'

Tessa kromp ineen van angst. Ze wist dat Koen Lucas geen moment uit het oog zou verliezen, maar hij realiseerde zich niet uit welke hoek het gevaar kwam. Ze bewoog haar hand naar haar zak, maar besefte toen dat ze haar telefoon niet meer had.

Rolf zuchtte diep, alsof zijn eigen conclusies hem ook zwaar vielen. 'Het is voor ons heel duidelijk, Tessa. Toen je moest kiezen voor het redden van je kinderen, deed je niets. En dus moeten wij het doen.'

Tessa gaf geen antwoord. Alle radertjes in haar hoofd draaiden overuren om te begrijpen wat er gebeurde, maar het leek of niets nog in elkaar paste.

'De grens is bereikt', zei Saskia met een felheid die Tessa niet eerder bij haar had gezien. 'Binnen het netwerk ben jij al langer in beeld en nu is het tijd om in actie te komen.'

Het netwerk... 'Wat bedoel je?' vroeg Tessa.

'Gelukkig is er internationaal veel gaande om de kinderen te redden van de verschrikkelijke waarheid die bijna niemand wil zien.' Ze draaide zich half om naar Tessa. 'En jij gaat ons daarbij helpen.'

De airconditioning voelde als puur ijs op haar huid. Tessa keek naar buiten, maar herkende de smalle weg niet. Ze zoog alles wat ze zag in zich op. Een vervallen tankstation dat ooit geel was geweest. Een grijze schuur waarop ze het woord '*vin*' ontwaarde. Rolf reed hard en nam de bochten met volle vaart. Tessa slaakte een kreet toen er een rotswand ineens heel dichtbij kwam, meteen daarna zag ze juist weer grote diepte. 'Wat is het hier mooi', had ze tegen Koen verzucht toen ze op de heenweg via dit soort smalle wegen door het rotsgebied waren gereden. Nu zag ze levendig voor zich hoe de auto tegen een wand zou knallen of juist door de vangrail zou schieten en tientallen meters lager terecht zou komen.

'Helpen?' vroeg ze uiteindelijk. 'Ik zie niet in...' Ze keek weer naar buiten. 'Ik wil gewoon naar Justus.'

'Justus is veilig bij ons.' Saskia draaide zich half naar haar om. 'En hij blijft veilig als jij doet wat nodig is.'

Iets in Saskia's stem maakte dat Tessa's nekharen overeind gingen staan. 'Wat bedoel je?' vroeg ze. 'We gaan nu naar Justus toe, dat heb je gezegd.'

Saskia negeerde haar. 'Je hebt je kansen gehad, Tessa. Nu moeten we ingrijpen.'

'Maar...' Het besef kwam over haar als een deken die steeds verder omhoog werd geschoven. Ze haalde moeizaam adem. Haar keel zat dicht en haar longen leken niet meer zo goed mee te werken. 'Nee...' zei ze, eerst zacht maar toen harder. 'Nee! We gaan naar Justus!'

Ze viel bijna tegen het portier toen Rolf weer een bocht nam. 'Iedereen zal het begrijpen', zei hij toen kalm. 'Het schuldgevoel van een moeder is groot.'

Tessa keek ademloos naar hem. 'Bedoel je...'

'Ja', zei Saskia. 'Dat bedoelt hij. Zo meteen ga jij met een videoboodschap de wereld laten weten dat jij niet meer kan leven met jezelf nu je inziet wat je je kinderen hebt aangedaan. Daarna spring je van een rots.'

Tessa's hart leek te exploderen van angst maar ook van verzet. 'Jullie zijn knettergek! Ik ga niet...'

Rolf keek vluchtig om. 'Als je Justus wil redden, doe je dat wel.'

'Maar...' Tessa hapte naar lucht. Het volgende moment knalde haar hoofd hard tegen het portier omdat Rolf onbesuisd een bocht nam, die naar een onverharde weg leidde. De auto bokte en hobbelde door diepe kuilen. Aan weerszijden waren rotswanden te zien, een paar meter verder gevolgd door bomen. Rolf stuurde naar links, een nog smallere weg op die juist omhoogleidde. Uiteindelijk zette Rolf de auto stil. Met een krakend geluid trok hij de handrem omhoog.

'Nee!' schreeuwde Tessa toen Saskia uitstapte en het portier voor haar opende. Ze duwde zichzelf tegen de achterbank. 'Ik ga er niet uit. Jullie hebben gezegd... We moeten...'

'Uitstappen.' Dat was Rolf, die de auto in dook en haar met twee handen vastpakte en naar buiten trok. Ze schreeuwde opnieuw, sloeg wild om zich heen, klauwde met haar handen in zijn richting maar raakte niets. Rolf was sterk, veel sterker dan zij.

'Werk mee en Justus en Lucas blijven leven', zei hij, dwars door haar protest heen. 'Als je ook maar iets probeert uit te halen, ziet niemand ze ooit nog terug. We hebben Justus al en jij weet ook dat we Lucas elk moment kunnen pakken.'

Tessa vocht nog steeds om los te komen, maar ergens vonden Rolfs woorden hun weg naar haar hoofd. Ze leken zich door haar hele lichaam te verspreiden. Voor haar jongens zou ze alles doen, dat stond buiten kijf. Maar ze wist zeker dat voldoen aan de eis van Rolf en Saskia de jongens niet zou redden. Ze moest tijd winnen, doen alsof ze meewerkte. Een opening ontdekken en dan haar kans pakken.

'Oké', zei ze vele malen kalmer dan ze zich voelde. 'Ik zal meewerken. Ik doe alles voor Justus en Lucas.'

Het duurde nog een paar tellen voor Rolf haar geloofde en haar losliet. Hij bleef op een paar centimeter afstand van haar staan. Voor het eerst keek ze om zich heen. Ze stonden op een klein, haast onbeduidend uitzichtpunt. Een hekje belette bezoekers om per ongeluk over de rand te stappen. Onder haar strekten de Gorges de l'Ardèche zich uit, tientallen meters boven haar brandde de zon tegen de top van de rots. De weg, die het meest weg had van een wandelpad, voerde nog een klein stukje omhoog en boog daar af naar links, het bos in. Dichtbij klonk de krassende roep van een roofvogel, verder weg het geluid van een waterval die ze niet kon zien. Helemaal beneden, op de rivier, trokken als kleine stipjes de kanoërs voorbij in hun dagelijkse, kleurrijke stroom.

Het pad kon een uitweg zijn. Als ze rende, kon ze in

het bos terechtkomen, van daaruit een route naar de hoofdweg vinden als ze sneller was dan Rolf en Saskia. De andere kant op, terug in de richting waar ze vandaan kwamen, was geen optie. Met de auto zouden Saskia en Rolf haar zo hebben ingehaald.

Ze richtte haar blik eerst op het bos en toen op de rots. Even kneep ze haar ogen samen. Meters hoger dan het wandelpad was een oneffenheid in de rotswand die, als je durfde, voor een klimroute kon doorgaan. Een stuk steen dat een paar centimeter uitstak en dat omhoogvoerde naar, voor zover ze het kon zien, een ander pad dat via de rots ook het bos in liep. Maar om die richel te bereiken moest ze zeker drie of vier meter hoog kunnen komen en zo hoog kon ze niet springen. Bovendien bevond de richel zich boven de afgrond. Ze slikte en schudde haast onmerkbaar haar hoofd.

Ze zou via het bospad moeten ontsnappen. Als ze sprintte, kon ze binnen een paar tellen op het pad zijn. Ze had de verrassing aan haar zijde, misschien won ze daar nog een paar seconden. Als ze nu ging, dan... Ze haalde diep adem, kneep haar ogen samen en spande de spieren in haar benen aan.

Het volgende moment voelde ze iets kouds en scherps tegen haar rug. Ze keek om en zag het lemmet van een groot mes, de vingers van Saskia hadden zich stevig om het heft gevouwen. 'Dit is jouw tekst', zei Rolf en hij hield een vel papier voor haar. 'Zeg letterlijk wat hier staat en we zullen je zoons laten leven.'

Ze pakte het blaadje aan. De letters dansten voor haar ogen. Rolf haalde een mobiele telefoon tevoorschijn die ze herkende als die van haarzelf. 'Lees het voor', zei hij dwingend. 'Je krijgt één kans.'

Ze moest een paar keer knipperen, haar ogen zelfs even stijf dichtknijpen, voor de letters zich tot woorden lieten vormen. De tekst was zo volslagen bizar dat haar hersenen simpelweg weigerden om die helemaal tot zich te laten doordringen. *De fouten die ik heb gemaakt... Het nieuwe geheime leven van mijn man in het buitenland... De gevaren waarin ik mijn kinderen...*

Haar keel zat dichtgeschroefd. Zouden Saskia en Rolf dit echt geloven? Zou íémand dit echt geloven?

De vragen drongen zich aan haar op en deden er tegelijkertijd niet toe. Ze keek even op van het blaadje, spiekte weer naar het pad. Het was een mogelijkheid. Heel hard rennen, daar was ze goed in.

Ze keek omlaag. Als ze zou springen, was er niets. Zeker veertig meter vrije val en dan de rotsige bodem van de Ardèche. Geen houvast, niets om haar val te breken op een punt dat die nog niet fataal zou zijn. Ze probeerde de opkomende misselijkheid de baas te worden. In het regelmatige handschrift van Saskia stond onder de tekst precies beschreven wat er na het voorlezen van die tekst moest gebeuren, als een scenario van een spannende film. Een hoge rots. Een sprong. De ultieme schuldbekentenis.

Rolf had ineens een statief in zijn hand. Installeerde haar telefoon erop. Daarna pakte hij het mes van Saskia aan. Zij stapte in de auto en verzette die tot hij net uit het zicht was verdwenen. Daarna keerde ze lopend terug. De video moest natuurlijk doorlopen na de sprong, realiseerde Tessa zich. Een auto die hoorbaar zou wegrijden konden ze niet gebruiken.

'We kunnen van start', zei Rolf. 'Jij spreekt de boodschap uit terwijl je in de lens kijkt en daarna spring je, duidelijk in het zicht van de camera, naar beneden.'

Hij zei het alsof hij iets volkomen neutraals vertelde, zoals de boomsoorten die hier voorkwamen of het aantal meters dat de rots hoog was. 'Doe je dat niet vrijwillig, dan zullen wij je een handje helpen, maar realiseer je goed dat in dat geval jouw zoons de gevolgen van jouw keuze zullen ondervinden.'

Tessa keek omlaag met een mond die aanvoelde als schuurpapier. Ze gaf geen antwoord. In gedachten was ze niet bij de tientallen meters diepe afgrond, maar bij de sprint die ze moest trekken, nog voor ze was uitgesproken. De telefoon moest ze meegrissen, zodat ze de politie kon bellen voor Saskia en Rolf weer bij Justus zouden zijn, waar hij ook was. Het kenteken van de auto stond op haar netvlies gegrift. Het was een enorm risico, want als de politie de auto niet op het spoor zou komen en Justus niet zou vinden voor...

Ze schudde ferm met haar hoofd. Niet aan denken. Ze had onderweg op de borden gekeken. Ze wist waar ze was. De auto kon maar op één weg uitkomen. Alles ging om de voorsprong.

'Beginnen', beval Rolf en hij zette een paar stappen bij haar vandaan. Ze stond nu in haar eentje voor het hekje en probeerde niet aan de diepte onder haar te denken. Rolf gebaarde dat ze de camera moest starten en ze leunde naar voren. Daarna ging ze weer op haar plek staan. Naast het statief hield Saskia de tekst voor haar op. Werktuigelijk begon ze te praten, terwijl ze zich in gedachten voorbereidde op wat haar te doen stond.

De zinnen kwamen zonder haperen haar mond uit. Halverwege, had ze bedacht. Dan moest ze het doen. Wanneer Saskia en Rolf dachten dat ze zou doen wat haar was opgedragen. Ze praatte monotoon. *... het nieuwe geheime leven van mijn man in het buitenland...*

In een flits, minder dan een seconde, richtte ze haar blik op het bospad. Haar spieren bereidden zich automatisch voor op wat ze van ze verwachtte. Ze was snel, moest sneller zijn: aan die gedachte moest ze zich met alles wat ze in zich had vasthouden. Ze sprak woorden uit, maar haar hersenen deden al niet meer mee. Opnieuw keek ze naar het pad. Haar hand spande zich aan, zonder de telefoon kon ze niet. Haar ademhaling begon te versnellen. Ze struikelde over een woord, Saskia kneep haar ogen samen. Rolf bewoog maar het was niet duidelijk in welke richting. Heel kort, als een flits, zag ze haar zoons voor zich. Voor hen moest ze dit doen, voor hen kón ze dit. Niet meer aarzelen, zei ze in gedachten tegen zichzelf.

Het volgende moment was het alsof ze sprong, maar niet omlaag. Ze schoot naar voren, trok aan de telefoon maar die zat steviger vast dan ze had ingecalculeerd. Minder dan een seconde bleef ze trekken, maar meteen daarna liet haar hand automatisch los en begon ze te rennen. Ze hoorde een kreet – van haarzelf? – en haar voeten roffelden over de ondergrond van zand en losse stenen in de richting van het bos. Dertig meter, misschien veertig. Ze struikelde, landde hard met een knie op een puntige steen maar merkte het amper. Heel even keek ze om. Rolf was dichterbij dan ze had gedacht, of gehoopt. Hij schreeuwde iets, ze bleef rennen. Bijna had ze de bosrand bereikt maar toen voelde ze haar voet wegglijden, een steen rolde onder haar zool weg, haar enkel zwikte en ze landde voorover hard op het pad.

Meteen sprong ze op, rende verder, maar Rolf was nu sneller. Hij haalde haar in, greep naar haar arm en met een sprong waarvan ze zelf niet wist waar ze die vandaan haalde, bleef ze maar net buiten zijn bereik. Ze was nu bij het wandelpad dat het bos in voerde, maar Rolf bevond zich slechts een paar meter achter haar. Hij was sneller dan ze had gedacht, zou haar inhalen voor ze bij de hoofdweg was. Razendsnel speurde ze om zich heen. Vanuit haar ooghoek zag ze iets dat haar hart deed opspringen. Tijd om na te denken had ze niet, want Rolf had haar bereikt, deed een uitval, miste op slechts een paar centimeter.

Ze rende naar de rotswand die op het eerste gezicht niets anders dan een kaal stuk steen leek te zijn, maar ze had het goed gezien. Daar, een meter of twee boven de grond, stak een stuk rots uit dat ze kon vastgrijpen als ze sprong. Meteen zette ze af, voelde het scherpe uitsteeksel in haar hand snijden maar ze liet niet los. Ze trok zich op terwijl haar armspieren bijna explodeerden van pijn. Rolf greep haar been, maar ze trapte naar achteren, raakte iets en hoorde hem kreunen. Ze verplaatste haar hand omhoog, waar een tweede stuk steen genoeg houvast bood om zich aan op te trekken. Zo dicht op de rotswand zag ze er meer, als een natuurlijke klimmuur. Ze moest naar rechts bewegen, weg bij het bos, richting de afgrond. Als ze hier kon blijven klimmen, zou ze een paar meter hoger een klein plateau kunnen bereiken en van daaruit de richel en...

Niet meer nadenken nu. Haar nagels braken toen ze het volgende uitsteeksel greep. Ze keek schuin omlaag en zag Rolf volgen in haar spoor. Hijgend van angst werkte ze zich verder omhoog. Onder haar was nu geen pad meer maar veertig meter afgrond. Niet kijken, schreeuwde ze zichzelf in gedachten toe, maar natuurlijk keek ze wel. Haar maag draaide zich om, haar spieren leken van angst juist te verslappen. Ze keek omhoog. Het plateau was maar een paar meter, de richel bood een uitweg. Ze hoorde geschreeuw dat van Saskia moest komen. Onder haar kreunde Rolf van inspanning. Ze verplaatste haar hand, zette haar voet op de plek waar die hand net vandaan kwam, duwde zichzelf met haar benen omhoog. Haar hart knalde bijna haar borstkas uit toen haar hand eerst miste en pas daarna, toen ze voelde hoe haar evenwicht wankelde, grip kreeg op de rots. Langs haar knie liep een straal bloed naar beneden. De rots voelde hard en heet tegen haar lichaam. Ze zocht een nieuwe plek om zich vast te grijpen en verplaatste haar hand. Haar voet gleed even weg, maar ze dwong zichzelf om kalm te blijven, al had ze geen idee meer hoe ze dat voor elkaar moest krijgen.

Nog een meter... Nog een halve meter... Ze stak haar hand uit, maar kreeg geen grip meer. In paniek zocht ze naar een punt, hoe klein ook, waar ze haar vinger omheen kon vouwen maar het leek er niet meer te zijn. Onder haar hijgde Rolf, vloekte hij. Verbazend hoe stil het hier was, ze kon elke ademtocht horen. Heel vlug, minder dan een seconde, kwam er een herinnering in haar hoofd op. De rotswand, de triomfantelijke grijns van de jongens na die klim, de trotse blik in de ogen van Koen... Volhouden, dwong ze zichzelf. Er moest een manier zijn. Ze voelde met haar hand en gilde het bijna uit toen haar vingers eindelijk grip vonden. Haar voet balanceerde op een stuk rots dat er eigenlijk te klein voor was, maar toch zette ze zich af en het volgende moment gebeurde er van alles tegelijk. Terwijl ze zich met een schreeuw op het plateau wist te hijsen en meteen verder wilde klimmen over de richel, hoorde ze onder zich een rauwe kreet. Er was ook een gil, al kon die net zo goed van haarzelf zijn. Automatisch keek ze omlaag en ze hield haar adem in toen ze de lege rotswand zag en de in zwart gehulde figuur die in duizelingwekkende vaart in de diepte verdween.

Met doodsangst die door haar lijf joeg, drukte ze zich tegen het warme steen van de rots. Dichtbij maar buiten haar zicht hoorde ze geschreeuw, gegil, huilen ook. Meteen daarna verplaatste het geluid zich en nog geen minuut later klonk de motor van een auto. Tessa durfde niet meer omlaag te kijken. Ze wilde terugklimmen, maar het risico was te groot. Ze moest door, via de richel naar het hogergelegen pad en van daaruit...

Nee. Ze schudde krachtig met haar hoofd. Eén stap vooruit denken, meer niet. Ze plaatste haar voeten op de richel, vond grip voor haar handen. Schuifelde voetje voor voetje langs de rots. Huilde bijna van opluchting toen de peilloze diepte onder haar plaatsmaakte voor bomen en daarna nog een keer, toen ze het pad bereikte. Ze begon te rennen, harder, steeds harder, tot het geluid van auto's dichterbij kwam en ze ineens bijna over een vangrail struikelde. Ze klom erover. Er werd naar haar getoeterd maar ze merkte het amper. Struikelend bereikte ze de overkant, liep blind een eettentje binnen.

'*Téléphone!*' riep ze smekend naar de barman. '*S'il vous plaît?*'

De man keek haar afwerend aan maar toen ze aandrong, overhandigde hij haar een vaste telefoon die z'n beste tijd had gehad. Met een trillende vinger toetste ze de drie cijfers in. Een dame beantwoordde de oproep en Tessa begon in het Frans uit te leggen wat er was gebeurd, maar ging over op het Engels. Ze zag het gezicht van de barman veranderen van verbijsterd in ongelovig en daarna in meelevend.

'Die vrouw is onderweg naar mijn zoon!' riep ze hijgend in de telefoon. 'Vind die auto, vind dat kenteken!'

De meldkamercentraliste reageerde beslist. 'Een moment', zei ze en Tessa slaakte een kreet van frustratie toen de lijn dood leek te zijn, maar meteen daarna had ze een man aan de telefoon.

'We hebben hem!' riep de stem, die ze pas in tweede instantie herkende als die van de onderzoeksleider. 'We hebben Justus gevonden!'

Er waren kreten, tranen, ze kreeg water, een doek waarvan ze niet wist wat ze ermee moest. Iemand anders veegde het bloed van haar knie. 'Er komt een auto om je op te halen', zei de rechercheur en de verbinding was ineens weg. Het drong allemaal niet tot Tessa door. Alleen die paar woorden, die alles anders maakten. Die alles goed maakten.

We hebben Justus gevonden.

Ze zonk in elkaar. Iemand pakte een stoel. Haar knieën deden het niet meer. De politieauto kwam en handen die ze niet kon plaatsen hielpen haar naar buiten. Ze herkende de weg niet tot ze in het dorp waren. De auto stopte voor de deur van een gebouw waar groot *GENDARMERIE* op stond. Nieuwe handen hielpen haar de wagen uit, het gebouw in. En daar, in een kamertje van nog geen twee bij twee meter, zat hij op een stoel, in de kleren die hij die dag had gedragen.

'Mama!' huilde Justus zodra hij haar zag. Hij schoot overeind en stoof in haar armen.

Hij trilde over zijn hele lijfje, voelde ze toen ze hem opving en tegen zich aan trok. Haar tranen vermengden zich met die van haar zoon en ze bleef hem maar dichter naar zich toe trekken, tot Justus uiteindelijk gesmoord zei dat hij bijna stikte. Toen hield ze hem iets van zich af, veegde zijn tranen weg en trok hem opnieuw naar zich toe.

'Ze kunnen ons niets meer doen', zei ze en met haar gezicht in zijn haar zei ze wel tien keer: 'We zijn veilig, liefje. We zijn eindelijk veilig.'

Epiloog

'MAMA, KOM!' VAN METERS BOVEN HAAR WENKTE JUSTUS zijn moeder. Onder zijn arm hield hij een rafelig matje en vanaf de glijbaan klonk opgewonden gegil van kinderen die in allerlei poses probeerden de vijftien meter naar beneden zo snel mogelijk af te leggen.

'Je gaat sneller als je ligt', zei Lucas, die iets achter Tessa liep en ook zo'n matje met zich meedroeg. 'We doen wie het eerst beneden is!'

Hij haalde zijn moeder en daarna zijn broertje in, maar Justus kon zich natuurlijk niet op zijn kop laten zitten en snelde achter hem aan. Tessa volgde als laatste en kwam pas boven aan toen de jongens hun matjes al in een baan hadden neergelegd en klaarzaten om zich af te zetten. Ze keek omlaag en voelde even hoe haar maag samentrok. Er schoot een beeld door haar hoofd. Een afgrond, vele malen dieper dan dit. Haar benen trilden licht. Niet aan denken, sprak ze zichzelf toe. Lol maken. Dat had ze met zichzelf afgesproken. Ze ging zitten en voelde het ruwe jute van het matje door haar broek heen prikken.

'Oké, wie het eerst beneden is!' riep ze naar de jongens. 'Eén... twee... drie!'

Met haar handen zette ze zich af en ze voelde hoe ze steeds meer vaart maakte. De hobbels in de glijbaan deden haar bijna vliegen en ze gilde het uit, net als Justus en Lucas naast haar. Slippend kwam ze onderaan de baan tot stilstand, net na haar zoons. 'Nog een keer!' riepen haar jongens en ze grabbelden hun matje van de grond. 'Even pauze', zei Tessa grinnikend. 'Gaan jullie maar lekker samen.'

Dat lieten haar zoons zich geen twee keer zeggen en ze holden opnieuw naar de trap. Tessa voegde zich bij Koen, die aan een tafel op het grote grasveld in het speelpark zat en met een glimlach naar haar keek toen ze aan kwam lopen. 'Was het leuk?'

Tessa knikte en pakte zijn uitgestoken hand. 'Wel hoog.'

Hij keek haar onderzoekend aan. 'Gaat het?'

'Ja.' Ze knikte ferm. 'Gaat prima. Kwestie van even doorzetten.'

Ze ging naast Koen zitten en voelde zijn arm om haar schouders. Met een zucht legde ze haar hoofd tegen zijn schouder en samen keken ze toe hoe de jongens opnieuw naar beneden roetsjten, de matjes pakten en onmiddellijk weer naar boven renden. 'Ze kunnen er geen genoeg van krijgen', zei Koen grinnikend. 'Goed idee van je om hiernaartoe te gaan.'

'Ik wilde de laatste vakantiedag niet ongemerkt voorbij laten gaan.' Tessa drukte zich nog wat steviger tegen hem aan.

De zin leek misschien niet zoveel lading te hebben, maar voor hen had hij die wel. De laatste dag van een vakantie die zo anders was verlopen dan ze zich hadden voorgesteld. Nog maar zes weken geleden hadden ze de schooldeuren achter zich dichtgetrokken met in hun hoofd het vooruitzicht van drie weken Ardèche, van kanoën, wandelen, zwemmen, ontspannen. Van fijne terrasjes en de zon. Nu keken ze terug op de allergrootste angst die Tessa ooit in haar leven had ervaren en de wetenschap dat het voor zowel haar als de jongens heel anders had kunnen aflopen. Dat vooral Justus maar ook Lucas zo in gevaar was geweest, dat het net zo goed had gekund dat ze hun moeder hadden verloren of zij haar zoons, was een gedachte die ze nog altijd maar moeilijk kon toelaten. Gesprekken met een psycholoog hadden er in de afgelopen weken al voor gezorgd dat ze steeds meer grip op haar gedachten kreeg en steeds beter kon omgaan met de angst die ze had gevoeld, maar ze was er nog niet. Het zou waarschijnlijk nog wel maanden duren, of langer, voor ze kon accepteren wat er was gebeurd. Voor ze kon accepteren dat twee mensen met volslagen idiote ideeën, opgestuwd door wat ze op internet hadden gelezen en de bevestiging die ze via datzelfde internet hadden gekregen, haar en haar kind dit hadden aangedaan. Of misschien zou ze het wel nooit kunnen accepteren. Misschien zou ze niet verder komen dan slechts aanvaarding.

Wat zou helpen, was als de rechtszaak begon. Of beter nog: als het tot een veroordeling was gekomen. Saskia was een paar dagen nadat ze al vluchtend op een Franse provincieweg was aangehouden naar de cel overgebracht, waar ze haar proces moest afwachten. Ze zou in Frankrijk worden veroordeeld omdat het misdrijf waarvan ze werd verdacht daar ook had plaatsgevonden. De misdrijven, moest Tessa eigenlijk zeggen, want behalve van ontvoering werd Saskia ook verdacht van poging tot moord op Tessa, het moedwillig verspreiden van schadelijke desinformatie en lidmaatschap van een criminele organisatie. Dat laatste feit zou lastiger aan te tonen zijn, maar als de complotdenkers als criminele organisatie konden worden aangemerkt, zou Saskia een nog veel hogere straf boven het hoofd hangen.

Het aantal jaren kon haar niet hoog genoeg zijn, dacht Tessa hard. Ze had geen enkele vorm van mededogen, ook niet met Rolf die door achter haar aan te klimmen tientallen meters lager de dood had gevonden. De enige met wie Tessa te doen had, was Youri. Ook al had hij al die tijd geweten waar Justus was en had hij dat tegen hen kunnen zeggen, je kon een kind van dertien niet kwalijk nemen dat hij niet aan de bel had getrokken. Hij wist niet beter dan wat zijn ouders hem vertelden en had waarschijnlijk oprecht geloofd dat zij Justus gingen redden. En nu was zijn vader dood en zat zijn moeder in de cel. Tessa hoopte maar dat hij de kans kreeg om tot rust te komen bij de oom en tante die hem in huis hadden genomen. En dat hij de juiste hulp zou krijgen, want de wetenschap dat zijn vader en moeder hem niet alleen met bizarre ideeën maar ook met het gruwelijke geheim van Justus' ontvoering hadden opgezadeld, moest toch schadelijk zijn voor een kind.

Tessa hoopte dat wanneer Youri alles aan het verwerken was, hij een heel klein beetje troost kon vinden in het feit dat hij had bijgedragen aan het vinden van Justus, al was het onbewust. Toen zij was verdwenen en Koen haar niet had kunnen bereiken, had hij natuurlijk groot alarm geslagen. Youri was door zijn moeder ingeseind dat hij naar Justus moest gaan en toen de politie ter plaatse kwam op de camping en hij onvindbaar was, was een rechercheur op het idee gekomen zijn telefoon te traceren. Die informatie had hen rechtstreeks naar de oude stacaravan geleid waar Justus was vastgehouden. Een stacaravan op nog geen vijf minuten van de camping, eigendom van iemand die Saskia en Rolf via internet kenden.

Het was verbazingwekkend hoeveel mensen erbij betrokken waren. Niet alleen de schrijvers van de blogberichten, die allemaal op een of andere manier aan elkaar en aan Saskia en Rolf gelinkt waren. Ook de jongen van het fotobedrijf die had toegegeven voor honderd euro cash de foto te hebben geüpload nadat dat hem door een onbekende Fransman was gevraagd. Iemand uit het complotnetwerk, vermoedde de politie. Tot nu toe was het niet gelukt hem op te sporen. De mensen die klaarstonden om Justus over te nemen en mee te nemen naar Spanje – het appverkeer daarover was in Saskia's telefoon gevonden. Nog altijd voelde Tessa bij die gedachte ijs door haar aderen gaan.

Maar tegenover al die mensen die kwaad in de zin hadden gehad, stonden ook mensen die zich juist tot het uiterste hadden ingespannen om hen te helpen. Alle leden van het rechercheteam, natuurlijk, maar ook voorbijgangers op de camping die meteen met man en macht waren gaan zoeken toen Koen alarm had geslagen. De barman van het eettentje die achteraf naar de politie had gebeld om te vragen hoe het met haar ging, omdat hij en zijn hele team zo aangeslagen waren – hij had Tessa en haar gezin een gratis diner aangeboden, waar ze geen gebruik van had gemaakt maar het was het gebaar dat telde. De huisarts die meteen psychische hulp voor zowel Justus als Lucas had geregeld. Al haar vrienden die in het begin zo'n beetje dag en nacht bij haar thuis waren geweest om te koken, praten, huilen, lachen, alles.

En boven alles Koen. Ze hield al veel van hem, maar nu was daar een extra laag bij gekomen. Een laag die maakte dat ze wist dat ze altijd op hem kon terugvallen, een laag die maakte dat ze zich veilig bij hem voelde op momenten dat ze zich nergens veilig voelde. Ze wist dat hij geduldig naast haar zou staan en haar zou helpen om alles te verwerken, dat hij desnoods honderd keer met haar ieder detail doorsprak tot ze het begreep. Avondenlang, zelfs hele nachten, knikte hij en vulde aan als zij weer bleef hangen in een gedachte waar ze niet uit kwam. 'Dus zij dachten dat de moord op Stan een manier was om de wereld te laten geloven dat hij dood was,' had ze in het begin keer op keer vragend gezegd, 'terwijl hij in werkelijkheid in het buitenland in het geheim zijn zogenaamde netwerk bleef besturen. Zo zit het toch?' En dan legde Koen weer uit hoe het netwerk had gefunctioneerd, omdat hij na uren en uren research daar een vrij goed beeld bij had. Langzaamaan had Tessa het idee gekregen dat de gaten in haar begrip waren opgevuld en dat ze haar gedachten ook weer voor andere zaken kon gebruiken.

'Gaat het?' vroeg Koen, die feilloos voelde hoe gespannen haar gedachten haar maakten.

Ze glimlachte even, probeerde zich te ontspannen en

knikte toen. 'Ja', zei ze en ze hief haar gezicht naar hem. 'En met jou?'

Net toen hij voorover wilde leunen om haar een kus te geven, doken de jongens naast hen op. 'Mogen we een ijsje?'

Koen kwam meteen overeind. 'Natuurlijk, kanjers. Had ik niet verteld dat na vijftien keer van de glijbaan een extra groot ijsje verplicht is? Kan ik ook niets aan doen, dat zijn nu eenmaal de parkregels.'

Justus en Lucas grijnsden en liepen maar al te graag met hem mee naar het restaurantje. Koen stak zijn handen uit en beide jongens grepen er eentje vast, zonder verplichting, zonder voorbehoud, gewoon omdat ze het graag wilden. Met een hart dat zwol van tederheid keek Tessa het drietal na. 'Papa', had Justus een paar dagen geleden per ongeluk tegen Koen gezegd. Hij was er zelf van geschrokken, maar Koen had geglimlacht, over zijn haar gestreken en gezegd: 'Wat een mooi compliment, jongen. Je papa woont in je hart, maar als je het goedvindt, ga ik er alles aan doen om voor jou de allerbeste Koenpapa te zijn die er maar bestaat.'

Tessa knipperde en voelde een traan langs haar neus glijden bij de herinnering. De vakantie was in geen enkel opzicht geworden wat ze ervan hadden verwacht. Maar toen ze haar drie mannen op een rijtje zag lopen, voelde ze meer dan ooit dat wat er ook zou gebeuren, ze de wereld aankon.

De succesvolle influencer Suze leidt een droomleven in Marbella. Tot het noodlot toeslaat en de vraagt rijst: wat moeten die perfecte plaatjes precies verbergen?

Marbella, de volgende thriller van Linda van Rijn, verschijnt 8 oktober 2024.

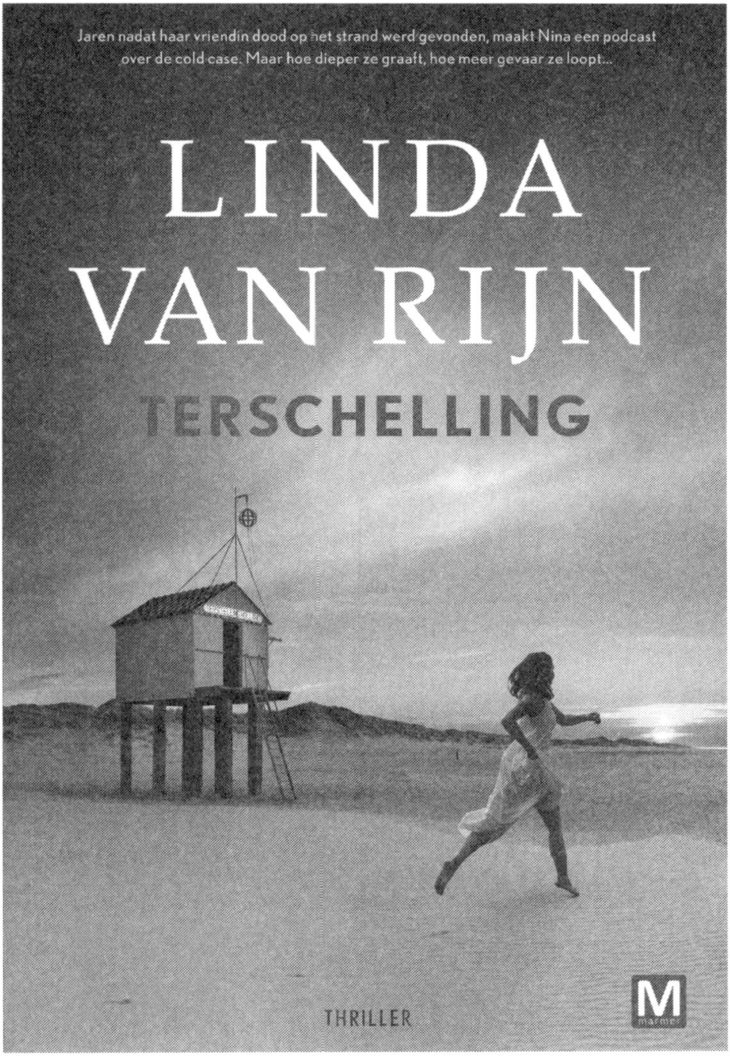
Jaren nadat haar vriendin dood op het strand werd gevonden, maakt Nina een podcast over de cold case. Maar hoe dieper ze graaft, hoe meer gevaar ze loopt...
LINDA VAN RIJN
TERSCHELLING
THRILLER

Beach Resort

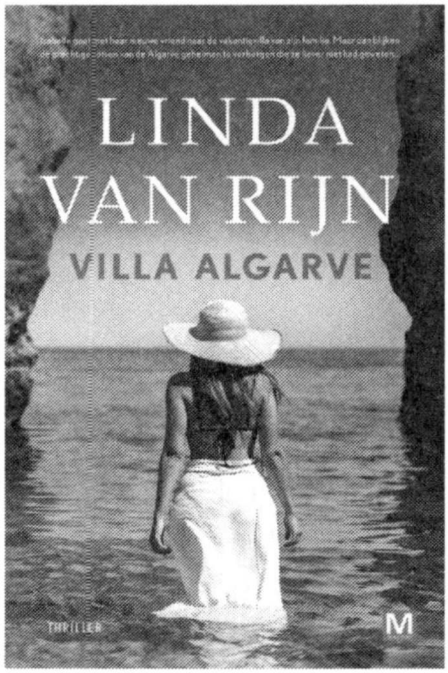

Villa Algarve

Playa Blanca

Ciao Bella

Sneeuwblind

Provence

Zandvoort aan Zee

Familiediner

Bloedkoraal

Strandslag Texel

Ibiza club

Zoutelande

Costa Brava

Bestemming Bonaire

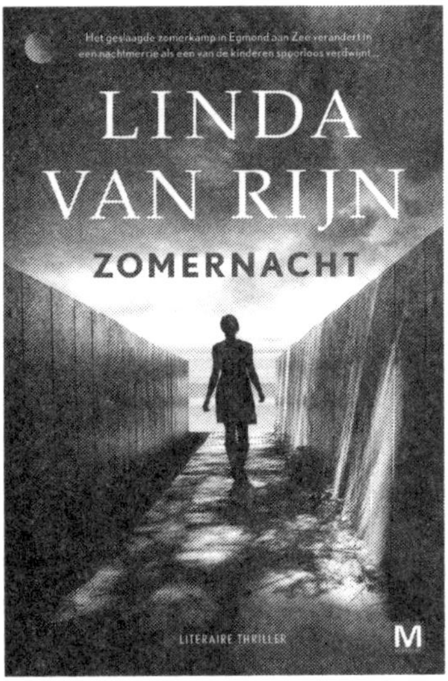

Zomernacht

Casa Ibiza

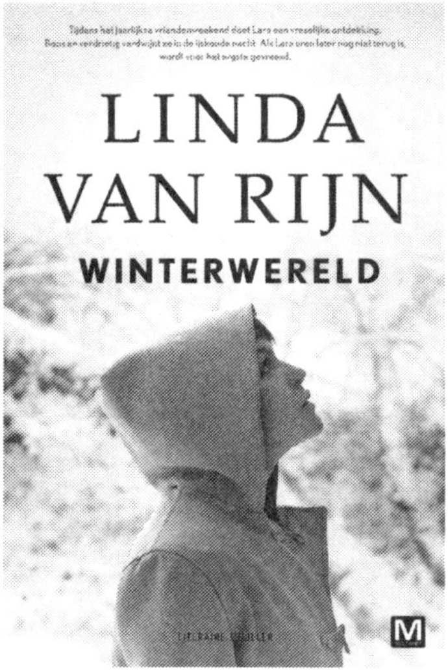

Winterwereld

Zomerhuis

Winterzon

Zeezicht

De jaarclub

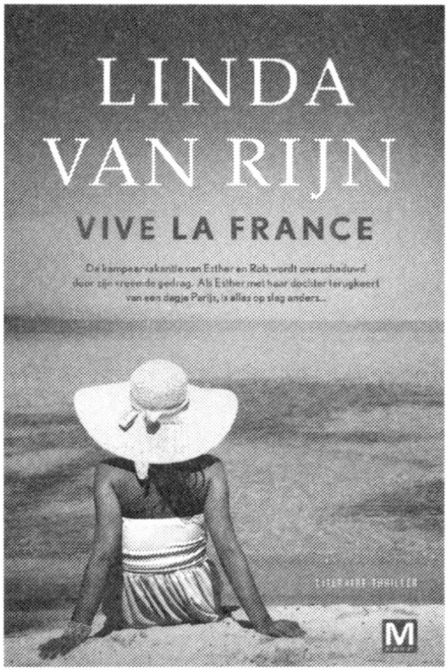

Vive la France

Ski resort

Voetbalvrouwen

Villa Toscane

Off piste

Viva España

Winter chalet

Vakantievrienden

Blue Curaçao

Piste alarm

Last minute

Colofon

Redactie: Karin Dienaar
Omslagontwerp: Riesenkind
Omslagbeeld: iStock.com | mihtiander
Foto auteur: Hadewych Veys
Zetwerk: Mat-Zet bv, Huizen
Druk: Wilco

Eerste druk juni 2024

ISBN 978 94 6068 652 8
E-ISBN 978 94 6068 903 5
NUR 305

Uitgeverij Marmer BV
Noorderstraat 55
3742 BB BAARN
+31 649881429
www.uitgeverijmarmer.nl
info@uitgeverijmarmer.nl

@lindavanrijnthrillers
@lindavanrijnthrillers